音

楽

刊行者　序

汐見《しおみ》和順氏の『音楽』と題する、女性の冷感症の一症例に関する手記は、実名こそ伏せられておれ、全く事実に基づくものの由で、一医学徒としての氏の誠実な科学的探究心と、冷静な人間的反省とが、凝って一丸となった稀有《けう》の記録である。草稿がわれわれの手に入ったとき、刊行を躊躇《ちゅうちょ》すべき理由は何らなかったのにもかかわらず、次のような二点について、予《あらかじ》め読者の注意を喚起すべきではないか、という意見が出た。

その一つは、氏の手記における、女性の性の問題に関する、徹底的に無遠慮な、科学者的な取扱いの態度が、殊《こと》に女性読者に反感を催さしめるのではないかということであった。もしこれが文学作品であったら、性はこれほど即物的な扱いをうける惧《おそ》れはなく、良きにつけ悪《あ》しきにつけ修飾のヴェールをかけられるのが常であって、それが読者の想像力を刺戟《しげき》することになる筈《はず》であるが、氏の手記にはこうした配慮が一切欠けており、文中、性の象徴的神話的修飾が出てくれば、それはすべて患者の妄想《もうそう》から発して、あるいは記述者に影響したものなのである。

第二には、氏の手記の内容があまりに常識を逸しており、正常な女性の生活感情からあまりにかけ離れているので、手記全体が荒唐無稽《こうとうむけい》の創作と見做《みな》される惧れがあることである。しかしわれわれは、これらがすべて事実に基づいていることを、いやいやながらでも承認せねばならないし、一旦《いったん》承認した上は、人間性というものの底知れない広さと深さに直面せざるをえぬ。それはいつも快い眺《なが》めであるとは限らないが、どんな怪物が出没してもふしぎはない神話の森なのであって、それを蔵しているのは、ひとり作中の麗子《れいこ》のみではなく、正に読者諸姉の一人一人なのである。

汐見和順述

音楽

精神分析における女性の冷感症の一症例

1

私が日比谷の或《あ》るビルの四階に診療所をひらいてから、早いものでもう五年になるが、はじめは知る人も少なかった精神分析医《サイコ・アナリスト》という職業が、その後だんだんに人々の耳目に馴染《なじ》んで来、もちろんアメリカの隆盛には比すべくもないが、こうして都心の高い間代《まだい》を払いながら、どうにかやって行けるようになったのは、私個人のみならず、斯界《しかい》のためにまことに慶賀すべきことである。

第一に、私が都心に診療所を設け、誰《だれ》でも気軽に入ってきて、軽い身上相談でもできるという雰囲気《ふんいき》を作ったのが、成功の原因だったと思われる。このごろでは勤めのかえりに、手相でも見てもらうような気軽な様子で、（その実内心の重い葛藤《かっとう》は隠すべくもないが）ぶらりと私の診療所を訪れるサラリーマンやBGもめずらしくなくなった。

社会がますます高度の発達を遂げ、人間が歯車のように扱われ、巨大な機構に組み込まれることに抵抗もゆるされない状態になると、私の患者が加速度的に増大してゆくことは、火を見るよりもあきらかで、アメリカ人のように窮屈《きゅうくつ》な清教徒的良心との戦いのない日本人でも、とりわけ都会に住んでいれば、ますますノイローゼ的な兆候を呈することは十分考えられる。

だから私の患者には、さっきも言ったごとく、サラリーマンもあればBGもある。バアのホステスもあれば有閑マダムもある。テレビのプロデューサーもあれば職業野球の選手もある。現代の尖端《せんたん》的なあらゆる職業を網羅《もうら》していると言っても、過言ではないのである。

他の患者や、友人の医者の紹介で来る人もある。何の紹介もなしに来る人もある。いずれにしても、昔なら一家一門の不名誉にもなるべき、精神病院への来診などという気分が全くなくなったのは、大きな進歩である。それでもまさか歯医者へ行くのとはちがって、多少、人目を憚《はばか》る風情《ふぜい》を示すのが大半であるが、このごろの新らしい傾向として私が悩まされるのは、殊に女性に多いのだが、無用の告白癖、いわば精神的露出症とでも言うべきものを満足させるために私を訪れる患者が少なくないことである。

もちろん私は、どんな客からも、十分規定の料金はとりあげる。実はこれは、精神分析療法の一部なのである。金銭の持つ無意識的な役割を利用して、患者の精神を調整することを目的とするもので、支払いも一括前払いや後払いを避け、治療終了後の度毎《たびごと》に、直接分析者に手渡すように規定することは、恩師のF博士からも、教えられたことであった。

こういう数多い患者の中から、この五年間に、もっとも印象に残る患者をあげろ、と言われたら、重症患者はいろいろおり、奇怪な症状を愬《うった》える患者もおりながら、私はまず、弓川麗子《ゆみかわれいこ》をあげざるをえない。

彼女はあとにも述べるように、そんなに怖《おそ》ろしい問題を抱えて私を訪れたわけではないが、最後には、人間の心と肉体のふしぎについて、私を戦慄《せんりつ》させるにいたった女性である。

私は分析医としていろんな事例にも会い、何事にもおどろかない修練を積んでいるつもりであるが、知れば知るほど、人間の性の世界は広大無辺であり、一筋縄《ひとすじなわ》では行かないものだという感を深くする。性の世界では、万人向きの幸福というものはないのである。読者はこれをしかと心にとめておいていただきたい。

2

私の診療所の三つの分析室は、厳密な防音装置を施した密室であって、患者が余計な刺戟によって自然な連想を妨げられないように、花瓶《かびん》ひとつ、額画ひとつ置かれていないが、その代り、待合室にはなるたけ快適な気分を持たせ、窓もひろびろととり、安楽椅子《いす》や壁の色との調和も考え、マガジン・ラックには東西のグラフ雑誌をそろえ、花瓶の花も絶やさぬようにしている。一度、黄菊をきれいに活《い》けておいたのを、あまり待たされた患者が怒って喰《た》べてしまったことがあるが、こんなのは例外中の例外である。

菊で思い出すのだが、弓川麗子がはじめて来た朝も、ここの花瓶に菊が活けてあったから、秋の或る晴れた午前にちがいない。

前の日から電話で予約があって、彼女はその日の最初の客であった。きのうの電話の印象では、やや低目の声が気持よく潤《うる》み、いくらか口調に不安は窺《うかが》われたけれど、正常な印象を与えられた。彼女は或る病院の内科医の紹介状を持っており、その医者は私の古い友人だった。あらゆる点から見て、厄介《やっかい》な問題はなさそうに思われた。

その朝、診療所に出勤して、助手の児玉君と看護婦の山内君の挨拶《あいさつ》を受けてから白衣に着かえると、すぐ弓川麗子との約束の時間になった。約束に七分ほどおくれて、真赤なコートを着た彼女が入ってきた。こういう人目を惹《ひ》く色彩の好みには、何か心理的な意味が隠されている。

おどろいたのは麗子の美しさであって、年のころは二十四、五だが、真赤なコートに引きかえて、あまり目立たぬ品のよい化粧をしているのは、元々の顔だちによほど自信があるからだと思われる。

整った顔だが、整った冷たさがない。鼻の形のよさが横顔を美しく見せているが、その鼻も決して高すぎず、程のよい愛らしさを持っている。唇《くちびる》がむっちりしているのに、顎《あご》の形は繊細で脆《もろ》そうである。その目は澄んでいて、目のうごきには、これと言った異常は認められない。

しかし私が出て行って挨拶したとき、彼女は明らかに明るい微笑を浮べようとしたのだが、正にその瞬間、その頰《ほお》にチック（tic）が走った。

まぎれもないヒステリーの兆候であるこの顔面痙攣《けいれん》を、私は咄嗟《とっさ》に見て見ぬふりをした。それはそんなにひどいチックではなく、軽く漣《さざなみ》のように二、三回閃《ひら》めいて納まった。

麗子の内心の狼狽《ろうばい》がすぐあらわれた。私が気づかぬふりをしたのは、かなり巧《うま》くやったつもりであるが、彼女はすぐさまそれを見抜いたのである。不真面目《ふまじめ》な比喩《ひゆ》かもしれないが、この瞬間の彼女は、ちらと狐《きつね》であることを見破られた美女という趣きがあった。

明るい晩秋の窓外には、オフィスや劇場やホテルなどのビルが櫛比《しっぴ》して、訪れる人は誰しも近代的な診療所だと感心するこの待合室で、こんな幻想が浮んだのは、ずいぶん不似合なことである。

私は彼女を分析室へ招じ入れ、ここでは誰にも見られ聴《き》かれる心配のないことをよく納得させた上で、調節次第でのびのびした寝椅子にもなる安楽椅子を彼女にすすめ、自分は机上のノートを前にして、そんなノートなんか重要視しているつもりはさらさらないというふりをして、気楽そうに小椅子に掛けた。

二人きりになると、彼女は気持のよい声で容態を述べた。

「この夏ごろから、何だか食慾不振になって、夏だから仕方がないと思っているうちに、ときどき嘔気《はきけ》がするようになりましたの。それも一回きりの嘔気ではなくて、一度あると何度もつづくという風に、とてもしつこいものですから、売薬の胃の薬なんか嚥《の》んでみましたけれど、ちっとも利《き》きません。そのうち急に気がついて怖くなったのは」

と麗子は、固く尖《とが》らせた舌尖《したさき》で、ちょっと上唇を潤おして、言い澱《よど》んだ。

「姙娠《にんしん》じゃないか、ということでした」

「そう疑われる条件があったわけですね」

と私はすかさず訊《き》いた。

と麗子は今度はむしろ誇らしげに、大胆に答えてから、「……そのことは、あとで順々にお話しいたしますわ。それでお医者様へ行ったのですけれど、全くその兆候はないということで、内科のR先生へ廻《まわ》され、そこでもいろんな検査をした上でわからず、私がいろいろ申上げた症状をもとにして、又こちらへ廻されてまいりましたの」

「ええ」

それから麗子は問わず語りに自分の生い立ちや家庭のことを喋《しゃべ》りだしたが、私は彼女が語るがままに委《まか》せておいた。それは次のようなものである。

弓川家は甲府市の素封家《そほうか》で、父の代で十七代になる名門の旧家であるが、市の女学校を卒業すると、麗子のたっての望みで、東京のS女子大学へ進学し、そこの寄宿舎で暮すようになった。大学卒業後、すぐ帰郷する約束であったのに、彼女は幼時から決められた又従兄《またいとこ》の許婚者《いいなずけ》を嫌《きら》っていたので、頑《かたく》なに帰郷を拒み、もう少し社会勉強をするという名目で父親を説得し、一流の貿易会社の事務員に就職した。それからすでに二年になるが、国へかえれば、きらいな許婚者との結婚が待っているので、なおも引きのばして、気儘《きまま》なアパートぐらしをつづけ、甘い父親は口では怒りながらも、十分な送金を欠かさないというのが現在の状況である。

これはずいぶん結構な状況で、これ以上のぞむことは何もないように思われる。会社のサラリーは小遣《こづか》いとして使われ、国の親もとへ送金するどころか、向うから潤沢な生活費が供給されてくるのである。父親は、生活さえ豊かにしておけば、身を持ち崩《くず》すことはあるまい、という考えを捨て切れないらしい。

……ところで麗子は、秋に入ってから、前述の食欲不振や嘔気に加えるに、さっき示したようなチックに襲われるようになった。

「とてもへんなんです。自分でも気がつかないうちに、自分の顔が先走りするみたいで」

これは巧い心理的表現で、彼女の知的能力を証明して余りあるものだったが、そう言うあいだにも、その頰をチックが走り、私は麗子がチックに抵抗しようとして固い微笑を消さずにいるので、あたかも私に向ってウインクをしているかのように感じた。こうしてチックを起すまいとすると、却《かえ》ってチックが起るのは、典型的なヒステリー性反対意志のいたずらである。

するうちに、麗子は突然、わけのわからぬことを言い出した。

「先生、どうしてなんでしょう。私、音楽がきこえないんです」

3

それはどういうことかと私がきくと、たとえばラジオ・ドラマをきいていても、セリフのところは明瞭《めいりょう》にきこえるのに、伴奏音楽だけが、丁度日が急にかげるように、耳もとから消えてしまうので、索漠《さくばく》としてしまう、ということらしい。では、はじめから音楽だけの番組はどうかというのに、

『あ、音楽がはじまる』

と思った瞬間に、いくらヴォリュームを高めても何もきこえなくなり、しばらくたって次の曲についての解説がはじまると、その解説は明瞭にきこえる。つまり彼女が、一旦、「音楽」という観念を頭に浮べると、その瞬間から音楽が消えてしまう。音楽という観念が音楽自体を消すのである。

これは実に奇妙な譫妄《せんもう》だと思われたので、私は早速実験をやってみる気を起した。看護婦からトランジスター・ラジオを借りてきて、あちこちへダイヤルを廻してみた。或る局では英語講座をやっており、それは麗子の耳にはっきりときこえた。ダイヤルがさらに廻されて、或る局でやっているラテン物の騒々しい音楽が突然飛び出してきたとき、麗子の目は、一瞬、雑沓《ざっとう》した車道で自動車を避けようとするのにも似た、妙な不安に充《み》ちた戸惑《とまど》いの影を示した。それは決してはじめからきこえていない目の表情ではなく、

『あ！　どうしよう？　これをきこえてることにしようかしら。それとも、きこえていないことにしようかしら』

という選択の迷いが働らいているように感じられた。しかし一瞬のちに、彼女にそれがきこえていないことは明白になった。顔からは急に活々《いきいき》としたものが見失われ、目はあきらかに空《むな》しく沈黙へ向ってみひらかれている目になった。

たちまち麗子は、その澄んだ目が漂いだすような涙を宿した。……

——私は今日がだめなら、いずれこの次から、自由連想法療法を施すつもりでいたが、相手がこんな情緒的な不安定の状態にいるあいだに、相手に分析者に対する敵意を感じさせる暇を与えずに、単刀直入の質問をするのも一つの方法だと考えた。初診の症状の訴えも、尋問に依《よ》らず自由連想法に依るべきだとされるF博士でさえ、一度、この逆手を使って、みごとな成果を納められたことがある。

「さっきお話の嫉嫉のおそれですが、そのお相手は今もつづいているわけですね」

「ええ」

と意外にも彼女は、そう訊かれたことで却って楽になったような明るい返事をした。

「私が会社に入ってから、同じ課の人でみんなの注目の的になっている若い男性がいましたが、あんまりみんながちやほやするので、私は却って反感を感じて、つんとした態度をとってやりました。こういう人です」

と麗子はハンドバッグから定期入れを出し、その奥から一葉の写真を引き出した。それは大学のボート部員の姿で、一人乗りの端艇《たんてい》に、ランニング・シャツとパンツで、片手をオールに、片手をあげて笑っている青年の写真だったが、シャツの胸のしるしでボートに強いT大学の学生だとすぐにわかった。実に体格がよく、顔も近代的な美男で、背も高そうだし、女の子にちやほやされる条件を悉《ことごと》く備えたような青年である。

「それ学生時代の写真ですけど、今でもとても学生っぽい人で、会社の中の評判もすごくいいんです」

と彼女は自分も写真をのぞき込むようにして説明を加えた。

「そりゃすごい」

と私は何だか不得要領な合槌《あいづち》の打ち方をした。

ついで麗子が語るところによると、入社後数カ月中にわかった事情は、麗子が入ってきたことによって忽《たちま》ち女事務員たちからライヴァル視されたのも尤《もっと》もで、その青年江上隆一《えがみりゅういち》は、職場のアイドルであったのだが、まだ誰一人として隆一の心をつかんだ者はいず、しばらくたつうちに、麗子が意外に冷淡で、青年のほうも特別な関心を示さぬことから、はじめて女同士の友情も生れ、麗子も隆一を囲む不可侵同盟に加入をゆるされたような次第であった。

こうした無関心を装うつっぱり合い、女同士の牽制《けんせい》などは、却って特殊な感情を育てやすいもので、麗子はいやでも隆一に対する関心から身を引き離すことができなくなった。そのうちに心ならずも、彼女は隆一に恋してしまった。

4

私はここで小説的記述をするのが目的ではないから、要点をかいつまんで話せばいいと思う。

すなわち隆一と麗子は、会社の外で偶然逢《あ》ったのをきっかけに急速に親しくなり、青年も麗子が入社して来て以来好意を持っていたことを打明けた。隆一が女たらしではなく、八方美人でもないことは、ここ数カ月の見聞で麗子も確かめていたことであるから、こんな愛の告白はすぐ信じられたし、又、すでに彼に恋していた彼女にとっては、夢のような仕合せであった。

二人は会社に知られぬように万全の注意を払いながらあいびきをつづけ、交際二カ月目に彼女は体をゆるしてしまった。このゆるし方は、話の筋道から言って、少し唐めいた。

「あなたにとって生れてはじめての経験でしたか？」

麗子は言葉に詰り、暗い目をした。その頰には又、不吉な稲妻《いなずま》のようにチックが閃

「と申しますと？」

「ゆるしたのははじめてでしたか？」

突に思われた。

「やっぱりみんな申上げたほうがいいと思いますわ。体を許せという要求を江上さんから受けたときに、私の悩みようと言ったら、大へんなものでした。

私もちゃんとした家に生れた娘ですから、そういう方《ほう》のことにはだらしのないほうじゃありませんでしたし、学生時代にもボーイ・フレンドは何人か出来ましたけれど、一線は固く守っていました。ただ江上さんと知り合ってから、私も人並に結婚の夢を見ながら、江上さんが好きになればなるほど、結婚が怖ろしくなり、相手に自分をきれいなものに思わせたいという気持が、もし崩れたら、と思うと恐怖でいっぱいになりました。

実は私は少女時代に、あのきらいな許婚者から、……奪われてしまったのです。そのために一そうその人がきらいになり、東京の大学へ入ったのも、彼からのがれるた

めだったことは、前にもお話したとおりです。

このことが、もし江上さんと結婚したときにバレてしまうくらいなら、死んでしまったほうがいい、と私は思い詰めていました。そこへ、江上さんから結婚を前提にしないああいう要求があったとき、江上さんにしてみれば、どうせOKされないつもりで小当りに当ってみたのかもしれませんけれど、江上さんを本当に愛してしまっていた私にとっては、それが一種のチャンスと感じられたのです。……それで、……それで、いろいろ悩んだ末に、結局江上さんに負けて許してしまったとき、江上さんはすぐ、私がきれいな体じゃなかったことに気がついたのでしょうけれど、でも、それについては何も言いませんでした。それが却って、私のプライドに突き刺さりました。その後も彼は何も言いません。ますます私には、江上さんが今はそれを言わずにいて、あとで私が結婚を迫ったりした場合に、それを切札に使おうと思っているのにちがいない、という猜疑心《さいぎしん》を起しました。これはそんなに当っていない猜疑心でもないと思います。だって、その後、江上さんは一度も結婚の話なんか持ち出しませんから。

そうしてずるずると江上さんと一年ほども附合《つきあ》っているうちに、今年の夏から、さっき申上げたような症状が起りはじめたのです。……悲しいことなんですけど、私は今もとても江上さんを愛しています。前よりずっとずっと強く。自分がどこまであの人に引きずられて行くか、怖ろしいほどなんです」

——いうまでもなく、私の診療所は身上相談所ではない。だから、これくらいの問題なら、むしろ新聞の身上相談欄へ投書したほうがよかろうと思われる時もある。実際のところ、この程度のロマンスなら、身上相談欄にとりあげられるのも覚束《おぼつか》ないほど、ありふれているが、私はそれを話す彼女の、あまりに理路整然とした話しぶりに疑問を持った。こんなに理路整然と自分の恋愛事件を語れる女性が、ヒステリー症状に悩まされるなどとはおかしなことである。あのチックは勿論《もちろん》、食慾不振もたびたびの嘔気も、何ら内科的疾患によるものではなく、ヒステリー症候群にちがいないことはわかっているのだ。

精神分析療法は、アメリカでは毎日あるいは隔日に行うことが多いが、日本ではまず、週一回一時間ずつが通例である。今日、十時から十一時までを彼女のためにとったので、来週も同じ曜日の午前十時から十一時までをとっておく。患者もその予約した時間について責任を持ち、たとえよんどころない用事で休んだ場合も、その時間の料金をきちんと支払うことを約束させられる。

麗子の初診の時間は、ここまでで終りになったので、私は初診料を含んだ料金を受け取って、彼女を帰した。

5

麗子との第二回目の出会は、そこで当然来週の同じ日同じ時間になる筈《はず》であったが、初診から五日後、私は彼女からの速達をうけとった。二度目の面接には行かれないというのである。

文面は左のようであった。

「汐見《しおみ》先生。

実はこのあいだ、勇気を出して伺った上は、永いこと胸の中にため込んでいた思いを吐き出して、きっと体も心もすうっとすると思っておりましたのに、あのあくる日から、却って逆の結果になってしまいました。先生、これはどうしたことなのでしょう。

顔もあのあくる日からたえずピクピクして、静かにしていようと思うとなおひどくなるので、ずっと会社を休んでおります。食事も見るのもいやですが、喰《た》べなければ死んでしまうと思って、いやいや喰べているような状態で、それもすぐあとの嘔気で、全部戻《もど》してしまうようなこともございます。こういう結果を見ると、今度もう一度先生のところへ伺ったら、そのあとではどんなに烈《はげ》しい反作用があるかわかりません。

それを思えば、怖くて仕方がありません。折角お約束いただいたことですが、今度の水曜日は休ませていただきたいと思います。

実はこの前、ひとつ重要なことを、わざと申上げずに残してしまいました。それを言い残した何でも初対面の先生に、そこまで申上げる勇気がなかったのです。それにしても、いくらことが心にかかって、こんなひどい症状を起したのかもしれない、などと自己診断をしております。それにしても、折角先生に何もかもお打明けするつもりでいながら、些細《ささい》なことで却って良心の呵責《かしゃく》に責め立てられるのだったら、意味ないとお思いになりません？」

この手紙は一見冷静に書かれたようでありながら、おわりのほうに明らかな矛盾があらわれている。「ひとつ重要なこと」と言いながら、そのすぐあとで、「些細なこと」と言い直したりしているのである。

それから住所にわざわざアパートの電話番号を書き添えたりしているのは、文面とは逆に、又私のところへ来たいという意図をあらわに示している。来たいことは来たいのだが、二度目は、何としてでも、慫慂されて来たいのである。

私は初対面のときはさほどに感じなかったこの女性の、強烈な自我を示している側面に触れた。たった一度しか会わないのに、彼女は早くも分析者に対して戦いを挑《いど》んでいた。いろんな症状の悪化は嘘《うそ》ではあるまいが、その悪化自体が、私に対する挑戦の意図を秘めている。

私はすぐアパートへ電話をかけ、彼女の不在を知り、午後に又かけて、なお不在を告げられた。『三度目の電話でやっと出るつもりなのだ』と私が目算を立てたとおり、午後五時の三度目の電話には、すぐ電話口へ出てきて、『出かけていて今しがた帰ったところだ』と言訳を言った。

こういうトリックには馴《な》れている私は、平然と下手に出て、明後日の約束はぜひ守っていただきたい、と懇望した。

「症状が一時的にわるくなったのは、正しい反応なのです。何も心配することはないばかりでなく、初診の有効だったという逆証でさえあります。いずれにしても、たった一回では惜しいですから、私からもぜひお願いするから、辛《つら》いでしょうが、明後日はぜひいらして下さい」

「私が伺うのがたのしみ？」

と少し嗄《しわが》れた声で、わざとあいまいに言った。

「ええ、たのしみですとも」

「本当かしら。……でも、まあ、いいわ。じゃ伺いますから」

——果して定刻にやってきた麗子は、今度は打って変ったグレイの地味なコートを着ており、スーツもまたグレイであった。

分析室に通されると、彼女はいらいらと落着かなかった。そしてとうとう、こんな風に口を切った。

「私、恥かしいことだけど、やっぱりこれを言わなかったら、わかっていただけないと思いますの。だから言いますけど、先生、そんなに私の顔を見ないで頂戴《ちょうだい》。壁のほうを向いていらして下さい。……ええ、まあ、それでいいわ。

私ね、江上さんと附合って、ただの一度も、何も感じなかったんです。江上さんはすごい魅力があって、肉体的には完璧《かんぺき》だし、私の大好きなタイプだし、その上、これも今まで言いませんでしたけど、会社以外の女とはさんざん遊んだらしくて、女の扱いも技巧もとても巧《うま》いんですけれど、それでも私、何も感じなかったんです。この次こそ感じるだろうと思っても、だめなんです。一度、あの人がそのことで疲れて白けた顔をして以来、私は何とか感じているふりをしようと思って、いろんなお芝居もしてみましたけれど、そんなことは永つづきするわけもないし、自分が哀れになったり滑稽《こっけい》になったりするだけなんです。それでいて一番心配なのは、それが原因になって、あの人に愛想《あいそ》を尽かされることなんです。女が感じないと、男ってとてもプライドを傷つけられて、女を憎むようになる、って何かで読んだことがありますわ。一度、あの人、そういう事のあとで、ふざけたみたいな口調で、

『君は本当に俺《おれ》を愛してるのかな』

って言ったことがありますけど、言われている身は、辛くて辛くて、胸が張り裂けそうでした。だって私、とてもあの人を愛しているんですもの。愛して、愛して、気がへんになりそうなほど愛しているんですもの。それが、一番大事なときになると、逆なあらわれ方をするなんて、どうしていいかわかりません。

そんなことをくよくよ考えているうちに、夏ごろから、いろんな障害があらわれるようになりましたの。だから原因は自分でわかってるんですの。ちゃんとわかってますの。先生に分析していただかなくたって、もうわかっちゃってるんです。先生はただ、私が感じるようにして下さればいいの。そのために伺ったんです。感じるようになりさえすれば、病気はいっぺんで消えてなくなる筈なんですわ」

私は勝手に言わせておいたが、ふり向いて顔を見ると、頰は紅潮し、目はかがやき、今度は私にひたと見据《みす》えられても、チック一つ起さなかった。そしてすぐに言葉を継いで、おどろくべきことを言い出した。

「この間、私、音楽がきこえない、って言いましたでしょ」

「ええ」

「あれ、嘘なんですの」

「嘘?」

「でも別に悪気じゃなかったんです。先生を試そうなんて、そんな。ただ、どうしても『自分が感じない』ってことが言えなかったもんだから、ああいう表現で、先生に察していただきたいと思いましたの。あれでちっとも察して下さらないもんだから、悪いけど、あとで、先生って見かけによらず純情だなァ、って思っちゃいましたわ」

「医者をからかっちゃいけない」

と私は苦笑してみせたが、こんな勝利で麗子は野放図に陽気になった。

「これだけ言ったら、とても気分が楽になりましたわ。こんな気分のいいことって、最近にないんです。もしかしたら、これで私、すっかり治ったんじゃないでしょうか」

フロイトがヒステリー研究を発表した当時から比べると、精神分析療法は幾多の改良と進歩を経て、十九世紀末の催眠術万能の時代から、いくつもの段階を辿《たど》って、今日見られるような、複雑で綿密で、時間のかかる方法に変って来たのである。或る症状の隠れた意味を解釈して、それを患者に知らせてやっても、それによってその源をなす感情が解放され、治癒《ちゆ》するという具合には必ずしも行かないところから、今日の自由連想法が完成されるまでになったのであるから、彼女のような知的で自我の強烈な女性が、自己分析によって達した解釈などは、治癒のためには何ら力を持たないばかりか、却って有毒でさえある場合が多い。

それに、彼女の用いる比喩《ひゆ》が平明すぎ、彼女の解釈が平板すぎることが、私には甚《はなは》だ不満であった。「音楽がきこえない」と言ったのは、単に嘘をついたのだ、と彼女は主張しているが、果してそうか？　音楽は、ただ単にオルガスムスの美しい象徴であるのか？　それとも、彼女の言う「音楽」と、彼女の渇望するオルガスムスとの間には、一筋縄《ひとすじなわ》で行かない隠された象徴関係があるのではないか？……これらが、私のまず抱いた疑問であった。

私は早速、のこりの五十分をかけて、自由連想法の最初の治療を施してみることにした。

6

分析室の椅子はゆったりして坐《すわ》り心地がよく、三段に調節ができて、ほとんど仰向けに寝た角度にまでなるが、私は麗子の背をほぼ四十五度の角度に横たえ、何もない灰色の壁と天井《てんじょう》へ直面させた。

私はその椅子の枕《まくら》もとの位置に、小さい椅子にかけて坐っているから、麗子の目からは私の姿は見えないわけである。

「いいですか」と私は、重厚な、人に信頼感を与える声——この声質に私は多少自信を持っている——で語りはじめた。「あなたの頭に浮ぶことをそのまま話してほしいのですが、次のような考えは完全に捨てると約束して下さい。

(1)こんなことを話すのはつまらない。

(2)こんなことは当面の病気とは関係がない。

(3)こんなことを話しちゃ恥かしい。

(4)こんなこと言うのはとても不愉快だ。

(5)こんなことを言って先生を怒らせやしないかしら。

いいですか。この五つをすっかり念頭から拭《ぬぐ》い去って下さい」

「はい」

と麗子は素直に答えたが、その答には、もう私の治療に身を委《ゆだ》ねようという決意がはっきりあらわれていて、私を安心させた。と同時に、何も感じさせてくれない美男子の恋人に身を委ねるときも、こんな調子なのではないかという疑問が、ほんの一瞬、私の心の隅《すみ》をよぎった。

「まあ、たとえばこんな具合です。田舎《いなか》へ行って景色を見ます。田があります。畑があります。丘の上に林があり、二、三軒の家があり、空には鳶《とび》が輪をえがいています。それを目に映るまま、心に浮ぶままに言っていただけばよいので、たとえば肥溜《こえだめ》が目についたらそれも、鳶の代りに飛行機が飛んでいたらそれも、田舎の景色にまるで不調和なミンクのコートの婦人が畦道《あぜみち》を歩いていたとしたらそれも、……順序など一切おかまいなしに、片っぱしから報告して下さればいいのです。

あなたはただの報告者、伝達者だと考えて下さい。その間に自分の判断を入れたり、その判断で物事を整理したり歪《ゆが》めたりしてはいけません。じゃ、いいですね」

「はい」

麗子は何か怖《おそ》ろしい手術をうける決意をした患者のように、寝椅子の上で目を閉じた。彼女の頭上からのぞくと、長いきれいにそろった睫《まつげ》が頬《ほお》に影を宿し、その顔をあたかも聖女のように見せていた。

「大きなお蔵があります。……私が入ってゆく。……俊ちゃんの家のお蔵なんです。古い家だから。……俊ちゃん——つまりあとで私の許婚者になった又従兄《またいとこ》ですけれど

――が、面白いものを見せてくれるって言ったから、私。……でも、結局、入らないで出て来てしまった。……怖かったから、何となく。……何が怖かったのかわからない。それから私、一人で、鋏《はさみ》をチョキンチョキン云わせて、青い折紙で、切紙細工を作ってる。小さいおかっぱ頭の子で、器用な子だったんだわ、私。……どんどん切ってゆく。切っても切っても、青い折紙がどこまでもつづいていて、いくら引張っても、どこまでも、……そうなの。私は切ってゆく。そのうちに青い折紙が、そのまま青空につながっているのがわかるんです。なおも鋏を入れてゆくと、空が裂けちゃって、その裂け目から、ああ、急に怖ろしいものが……」

麗子は叫ぶように言うと、両手で顔をおおった。

「何が怖ろしいんです。何でも言ってしまいなさい！　言えば怖ろしくなくなります」

「牛が……」

「牛が？　どうしました」

「牛が駈《か》け出して来たんです。怖ろしい勢いで、土埃《つちぼこり》をもうもうと上げて、まっしぐらに私に向って突進してくるんです。その二本の角が……いいえ、角ではなくて、もっといやらしい形をして……そうなんです。角じゃないんです。それが二本とも、人間の男のものの形なんです。

それが……私の前まで来ると、急に消えてしまいました。いつのまにか、私は女学生になっています。友だちが、あのことの話をしはじめたとき、私はとても信じることができず、そんなことをしたら体がこわれて、病院へ入らなければならないだろう、と言って友だちに笑われました。私はそれについて、とてもへんな考えを持っていました。下半身が鉄の女がいて、男を誘い寄せて、腿《もも》の力で男を締め殺す、という話なのです。これは何か西洋の童話から来た考えかもしれませんけれど、その下半身の鉄を、私が靴《くつ》を磨《みが》くように、いつもピカピカに磨いていなければならない役目を負うているのです。何故だかわかりません。埃だらけの自動車は、埃だらけの靴と同様に、恥だとされていますけれど、この鉄の下半身もそうらしいのです。油をつけて……そうですわ、何かすばらしいいい匂《にお》いのする油をつけて磨くんです。

私にとってわからないのは、それがどこか知らない街で、私の生れた街ではないようなのです。……洋裁学校の教官室で、オールドミスの先生と喧嘩《けんか》して、そのまま学校を飛び出してしまったこと、……ところが、私、洋裁学校へ行ったこともなければ、先生と喧嘩したこともないんですけど……、洋裁といえば鋏ですわ。そう！　わかりました。さっきの鉄の下半身は鋏だったんです。鋏が錆《さ》びちゃって、うまく使えないので、伯母が油を引くといいと教えてくれたんです。いい油がなくて、伯母が何か舶来の髪油を貸してくれたんです。そうだわ、伯母には伯父にかくれて恋人があることを私知ってたんです。或《あ》る夏の晩……」

「或る夏の晩？」

麗子はぼんやり天井へ目を向けてしばらく黙った。

「何か見えて来ましたか？」

「見えて来ましたわ」

「何が……」

「いいえ、何も見えて来ません」

麗子は急に顔をおおって泣きだした。

…………。

率直に言って、この第一回の自由連想法は失敗に終ったと云わざるをえない。麗子があれほど楽に身を委せたように見えながら、実は強い抵抗を隠しており、さらに隠していることをカモフラージュするために、手のこんだやり方で、行きあたりばったりの性的象徴を濫用《らんよう》したりするからであった。そこには明らかに彼女の作為が働らき、作為と無意識とが、ふしぎな具合にまざり合っていた。

彼女は精神分析を知りすぎていた！

そこで第一回治療後、われわれは約束を取り交わし、第一回の自由連想の内容について、麗子が口では言えなかったことを、詳しい手紙で書き送ってもらうことにした。

7

麗子からは毎回治療代をきちんと取立てており、たとえ彼女の心に「ひやかし半分」のところがあろうと、それは一向構わないわけであるが、私はむしろ彼女の軽微なヒステリー兆候にのみ心を奪われていて、彼女の主訴である不感症の問題については、あまり重大に考えていなかった。

豊富な臨床経験から不感症を縦横に論じたシュテーケルの本を改めて読んでみて、世間で漠然《ばくぜん》と呼ばれているこの不感症という名が、いかに多義的で、いかに複雑多岐であるかを、私は思い知った。そして一九二〇年出版のこの古典的名著の中に、すでに現代アメリカ医学の新らしい潮流である心身相関《サイコ・ソマティック》の原理的萌芽《ほうが》がいたるところに見出《みいだ》されるのにおどろいた。

シュテーケルは、現代は不能者の時代であり、文化的に上層に位する男の大部分は相対的に不能であり女の大部分は不感症だ、とまで言い切っている。そして、個人の教養が低ければ低いほど性生活は円満確実に営まれるが、それも別に「動物的な逞《たく》ましい生活力」のおかげなどではなく、ただ単に「植物的」だからである。全くそれは「脊髄《せきずい》の機能」にすぎないからだ。……などと思い切ったことを言っている。

彼女は「音楽がきこえない」と言って私をだましたが、これはともすると、「音楽」をきくことのできない現代人全部を皮肉った言葉ではなかったろうか。

ここらで少し話題を転じて、私自身の言いづらい私生活のことも語らなければならない。

私は現在もなお独身であるが、これは私が何も不能者であったり変態性慾者《へんたいせいよくしゃ》であったりするためではない。ほとんど夫婦同様の永い附合をしながら、一度も同棲《どうせい》したことのない、看護婦の山内明美が私の女友達である。山内明美はまだ若くて、麗子とちがって童顔の、粗《あら》い一筆描《が》きをしたような明るいパッとした、男好きのする顔立ちだが、患者にはもちろん、私の浮気についても、ついぞ嫉妬《しっと》というものを示したことのない彼女が、麗子にだけは最初から反感を抱いているらしいのである。

「あのクランケ（患者）はどうも虫が好かないわ」と、職業上のことではひときわ冷静な筈《はず》の明美が、麗子との初対面のあとで私に言った。「何だかしっくり来ない。欺《だま》されるみたいで、私……」

「そりゃあ患者はみんな嘘《うそ》つきさ。自分の嘘で苦しんでここへ来るのさ。精巧な嘘をつく奴《やつ》ほど、病気も重いっていうわけさ。それに、診察料をちゃんちゃんとっていれば、それ以上欺されることなんか、まず考えられんじゃないか。まさか、籠抜《かごぬ》け詐欺《さぎ》をやるためにわざわざ精神分析療法を受けに来るやつはいないだろう」

それはそれですんだが、音楽のことが嘘とわかってから、明美はますます麗子をきらうようになった。

明美と私の性生活には何ら障害がなく、明美は自由を保つために子供を作ることを怖れているだけで、他に神経症的な兆候を一つもあらわさないばかりか、むしろ感じ易い肉体を持った女であった。

或る夜の寝物語に、明美は今まで自分は肉体のつながりとその喜びを除いては自由なのだという自信を持っていたが、麗子を知ってから、それがそうでなくなったと前置きして、次のように言った。

「私、あの女を知ってから、何だか自分が浅間しく感じられて来て困るの。あの人が診療所へ来て、挨拶《あいさつ》すると、その瞬間、目がチカチカと交わって、向うがこう思っているような気がして仕方ないの。

『何だ、この女は白い看護服なんか着てすましているけれど、その看護服を透かして見えるのは、男に一寸《ちょっと》触られるとキャーキャー言って体じゅうで喜ぶ、月並なふつうの女の体にすぎないわ』

あの人がそう言ってるような気がして体がすくみ、あの人の冷感症が、何だか真白なピカピカした最新型の電気冷蔵庫みたいに見えて来て、口惜《くや》しくなるの。とにかく私は精神の自由だけは重んじて暮して来た筈ですけれど、あの女の前へ出ると、『この人は精神ばかりでなく、体もあらゆるものから自由なんだわ』という気がして、こっちが一段下に見られているような感じがするの」

この切々たる訴えは、私にはかなり困った事情を暗示していた。私は明美が女としては洵《まこと》にめずらしい「結婚したがらない女」「やきもちをやかない女」という特質を持っているところに目をつけて、私自身の自由をも確保し、実に抑圧の少ない近代的な男女関係を維持しつつ、明美にも「精神的自由」の価値について十分に教え込んできたつもりであるが、それが度をすごして、まちがった肉体的自由に目ざめてもらっては困るのである。そこで私は、言葉を尽して、彼女のまちがいを匡《ただ》そうと努力した。

「そりゃちがうよ、明美。劣等感を持っていて、しかも自由を失っているのは、向う様じゃないか。女の自由というのは、女としての体が燃えて、そこに人間の全人的な喜びを発見して、その自覚から出発する以外にない筈じゃないか。向う様がどれだけ

『月並なふつうの女』の体にあこがれているか考えてみたまえ。そこに気のつかないような君じゃない筈だがね。

それに彼女には精神的自由と肉体的自由とどちらもあるなんていうのは、とんだ思いちがいだよ。肉体的な不如意《ふにょい》が、彼女の精神的自由を失わせ、それをむなしいあがきと、無駄な努力とだけにしてしまうんだ。冷感症の女は、今度こそというあせりから、何人も男を換えることがよくあるが、外見上は自由な女に見えながら、こんなに囚《とら》われた不幸な女はないんじゃないかね」

私の論理的な説明はかなり明美を納得させたようであったが、それでも不感症の女が、男をとりこにしながら男にとらわれない、という点は、美しい詩の一句のように明美を魅しているらしかった。それが彼女には、恋愛における一方的勝利という風に感じられたのである。

とうとう私は声をはげまして、

「そんなら君はヒステリーになりたいのか。あんなチックで、人に同情されたいのか」

と叱《しか》ったので、やっと明美は大人しくなった。その夜明美は私に抱かれていつものように喜びの叫びをあげたが、そのあとで意味もなく少し泣いた。健全な女が、自分の健全さを不甲斐《ふがい》なく思う、などという憂《うれ》うべき事態も、あの麗子がもたらしたものであれば、私は不感症という秘められた障害が、自他に及ぼす冷たい毒のような作用に、戦慄《せんりつ》せずにはいられなかった。

……白状すると、私も実は、明美以上に、その晩、へんな影響を受けていたようである。

行為のあいだの或る瞬間に、私は、レコードの音楽が尽きて、針が盤面の音のない溝《みぞ》を軽くこすっていつまでも廻《まわ》っている、そのかすれた音をきいたような気がした。その溝は無限軌道をえがいていて、かすれたひびきはいつまでも尽きず、私の耳がこれをとらえたときには、ずっとずっと以前から、そのかすれた音だけがつづいていたのだと感じられた。してみると、そのディスクの音楽が終ったのは、私の記憶が遡《さかのぼ》ることもできないほど遠い昔であるように思われる。音楽はずっと昔に死んでしまっているのだ。

そう瞬間に感じた私は、あわてて頭を振って妄想《もうそう》からのがれ、再び目前の行為に熱中した。もとより私の寝室には、蓄音機もなければ、レコードもまわっていなかった。

8

麗子から来た手紙。

「汐見先生。

この間は失礼しました。先生からあんなに懇々と御注意を受けていながら、やっぱり私、虚心坦懐にお話できなかったような気がして、そんな自分がいやでたまらないのです。

あのときお話した鋏のことは、記憶の中で実ははっきりしていたのです。それをわざとあんな持って廻った表現でお話してしまいましたけど。

子供のとき俊ちゃんの家のお蔵の前でみんなで遊んでいましたが、一人の子が鋏をもって来て、ジャンケンで負けたら、負けた奴のあれを切ってしまうなどと言っていました。私はその場でたった一人の女の子で、しかも一等先に負けてしまいました。俊ちゃんは気の毒がって止めましたが、鋏を持った子は承知しません。私がわいわい泣くのにもかまわず、みんなで押えつけて私のズロースを下ろしてしまいました。そのとき悪い子は、冷たい鋏の鉄を私の腿《もも》に押しつけて、(ああ！　今もあのぞっとする怖ろしい触感を思い出します)、左手でしきりに私の体をさぐった末、

『何だ、何もないべ。負けっ子で、もう先に切られたんだろ』

と言いました。そしてみんなで、

『負けっ子、負けっ子、負けっづけ。昔の昔の大昔、切られたまんまで生えやせぬ』

などと歌ってはやしました。

このときの口惜しさと怖《おそ》ろしさはずいぶんあとまで残っていて、私は、こういういじめっ子たちが夜眠っているあいだに、こっそり鋏を持ってまわって、みんな切ってやろうと思ったくらいです。

それから牛のことは、右の鋏のことがあってしばらくしてから、甲府の近郊で、牛があばれだして農夫を角にかけて殺した、という事件があり、子供心にそれをきいた私は、牛の角が鋏と似ているような気がし、鋏と似ているということは、男のものと似ているような気がしました。

切るものと切られるものとが同じように連想されたのは、ふしぎだと思いますけれど、どうしても私にはそんな気がしたのです。鋏ももともとそれが怖ろしいから切ろうとしたのだし、怖ろしいものは、もともと鋏と似ているだろう、と想像するのは、子供の気持としては、ありうることではないでしょうか。

それから先生にとうとう申上げずにしまったことは、箱入り娘みたいに大事に育った私が、実はずいぶん早く性に目ざめ、目ざめるどころか、性の行為を直視してしまった、ということなのです。

小学校四年生のころだったと思います。家のゆるしを得て、夏休みの二、三日を、私をとても可愛《かわい》がってくれていた伯母につれられて、昇仙峡《しょうせんきょう》へ行ったことがあります。そこには、今になって考えてみると、すでに伯母としめし合わせて先に来ていた若い同宿のお客があって、或る晩、私が狸寝入《たぬきねい》りをしているともしれず、伯母の床へ忍び込んで来たのです。

私はただもうびっくりしてしまいましたが、何となく眠ったふりをしていたほうがいいという判断はつきました。人間がこんな動物みたいなまねをするとは、はじめは信じられませんでしたけれど、先生、へんなものですね、いくら子供でも、どこかで本能を納得させるものがあったのですね。

でも、大人になってあんなことをしなければならないのなら、大人になるのはいやだ、という気持は痛切にしました。それは今まで尊敬していた大人の世界が急にガラガラと崩《くず》れ去ったような、革命的な出来事でしたが、苦しげな伯母も男も、快げな言葉を口走るのが、何だか負け惜しみみたいで、本気なのか嘘なのかわからないところがありました。

お行儀よさというものの正反対を見てしまった子供はどうしたらいいでしょう。私は自分のお行儀よさの誇りのほうを大切にしていましたから、性に関することは必ず私をみっともなくする、という確信を持ちはじめたのです。それは枕《まくら》から落した伯母の顔が、汗まみれにだらしなくゆるみ、日ごろのやさしい伯母とは似ても似つかない、世にも下品な表情を浮べているのを、見ただけで十分でした。……

先生、きょうはこれくらいでかんべんして下さい。私はここまで書いただけで、精神的疲労でくたくたになってしまいました」

…………………。

私はこの手紙を仔細《しさい》に読み返してから返事を書いたが、これはあんまり気の進む仕事とは言えなかった。彼女は私の答をみんな予期していて、予《あらかじ》め冷笑を用意しているような気がしたからである。

「お手紙にははっきりあらわれていませんが」と私はまず威嚇《いかく》的に書いた。

「あなたには幼児オナニーの禁止に関するもう一つの恐怖に充《み》ちた記憶があって、それが逆に鋏を主題とする去勢コムプレックスに転化されたとも考えられます。この鋏の挿話《そうわ》はあまりに典型的であり、わるく言えば月並なので、あなたのたしかな記憶であるか、それとも又、あとから性的解釈の便宜上補塡《ほてん》された挿話であるか、そのへんははっきりわかりません。

あなたが現在の症状から、過去のすべての記憶を性的記憶に再構成しようとする傾向を、私は正直言って好みません。牛の角にしても、あなたの幼時の記憶では、性的なものではなく、ひょっとすると、離乳期に母親の乳房から離され、金属性のスプーンか箸《はし》で食物を与えられるようになったときの違和感と、そういう違和感を通じて不当に成長を促された怒りとに関係があるのかもしれません。怒れる牛は、つまり、むりやり乳児期から引き離されようとして怒っているあなた自身なのです。

しかし、鋏と男根、つまり、切るものと切られるものとが同じように連想されたのはふしぎだ、というあなたの述懐は、このお手紙のなかで、もっとも真実な部分です。ここでは、男女の性のちがいをどうしても承服しないあなたの心の根がひそんでいます。あなたは、どういうわけか、強い男女同権の考えに涵《ひた》されており、女の宿命をみとめようとせず、男性だけが攻撃者であることは不公平だと思っており、男に負けまいという気持が幼時から強く、とにかく何もかも男と女を同等にしてしまいたいのです。今拝見すると、あなたは女らしい女性ですが、子供のころは、ジョルジュ・サンドのように『ズボンをはいた女丈夫』だったのでしょう。

何があなたをそうさせたかというと、まず考えられるのは、母親に対する競争者としての兄弟の存在です。お母さんの乳房をはげしく奪い合った弟、あるいは双生児の兄とか、そういう存在があなたの傍《かたわ》らにはいませんでしたか？　この返事はこの次の面会のときに訊《き》かせて下さい。

それから伯母さんの情事の記憶ですが、これは問題をドラマタイズしすぎるあなたの性格をよくあらわしている挿話にすぎません。近親者の性行為の目撃が、重大な精神的外傷になる、とは、よく言われていることですが、必ずしもそうなるとは限りません。そしてあなたは少し隠し事をしているように思われ、そういう性行為の目撃に類似した経験は、小学校四年生のあなたにとっては、どうやらはじめての経験ではないように疑われるのです。

私がかなり直観でものを言っているらしいのを、不快に思われるかもしれませんが、精神分析療法といえども、直観をまったく排除して成立つわけではありません。できるだけ科学的な客観的な方法をとりながら、それを一気に綜合《そうごう》するのは、やはり直観の力なのだ、と私は思っています。

では次の第三回の面接をたのしみにいたします」

9

あしたは麗子の面接日だと、壁のカレンダーを見上げて私が思っていたとき、たま たま閑《ひま》になった午後のひとときの診療所へ、変った来客があった。

私は待合室に出て煙草《たばこ》を吹かし、窓下の人ごみや、ばか大《でか》い封切映画の看板などを茫然《ぼうぜん》と眺《なが》め、きょうも明るい秋の午後の空に、たくさんのアド・バルーンが上ってい るのを見ていた。アド・バルーンなどという原始的な広告媒体は、私の子供のころか らあって、いい加減にすたりそうなものであるが、まだすたれないところを見ると、 それなりの効果があるのであろう。紅白の縦縞《たてじま》のもあれば、銀いろのもある。緑いろ のもあれば、くすんだ灰色のもある。それらが汚れた都会の大気のなかに、たよりな く揺れているのを見ると、私は何となく、私の患者たちを思い出さずにはいられない。

そのとき、ドアをノックもせず、一人の背の高い青年が、あらあらしい様子で待合 室へ飛び込んできた。これは多少兇暴《きょうぼう》性のある患者かもしれない、と私は咄嗟《とっさ》に身 構えた。

「汐見先生ですか?」

と色の浅黒い、非常に好男子の青年は、のぶとい声で高圧的にきいた。

「私ですが……」

青年はポケットからいきなり一枚の名刺をつまみ出して私につきつけた。

「江上隆一さん……」

と私はやむなく名刺の活字を辿《たど》りながら、少しも油断していなかった。

「僕《ぼく》の名は御存知でしょう。麗子の友だちです」

「ああそうでしたな」

私は黙って長椅子の一隅《いちぐう》を彼にすすめた。

「麗子さんの件でお出《い》でになったのですか」

「そうです……先生、もう、どうかあの女に構わんで下さい」

「構うとは？」

「あの女はしょっちゅうここへ来ているんでしょう」

「週に一回だけです。まだ二回見えただけです」

猟犬が主人の匂《にお》いを嗅《か》ぎだそうとするように、広からぬ待合室のあちこちを見廻す隆一の目は、少し血走っていて、この申し分なく健康にみえる青年が、一種病的な昂《こう》奮《ふん》状態にあるのを私は察した。

「だから今後もう構わんどいて下さい」

「お話がよくわからないが、麗子さんはただ治療を受けに来られるんですよ」

「まあ、いいでしょう。僕もこんな真似《まね》はしたくないんです。……しかし……」

と彼は何事かを躊躇《ちゅうちょ》していた。それから鞄《かばん》のジッパーをあけて、一冊の赤い革表紙の女もちの自由日記をとりだした。その頁《ページ》を神経質にめくると、

「これ！」

と甚《はなは》だ無礼な動作で私に或《あ》る頁をつきつけた。私はいやでも、鼻先へさし出されたその頁に目を通さざるをえなかった。見馴《みな》れた麗子の書体で、次のように書かれていた。

「×月×日
汐見先生の第一回の診療は、正に、桃いろの羽根毛でくすぐられるようなものだった。先生は、私を寝椅子に寝かせ、まず慇懃《いんぎん》に私の手を握り、つまらない形式的な質問をくりかえしながら、だんだんその手を私の二の腕のほうへ滑らせて行った。私はくすぐったかったので、小さい声で笑ったが、先生はシッと制して、立って行き、天《てん》井《じょう》のあかりを消して、部屋の一角の机の上の蛍光灯《けいこうとう》ランプ一つにしてしまった。

先生の体臭がじかに感じられるようだった。

『目をつぶって！　目をつぶって！』

と先生が言った。

目をつぶったとき、瞼《まぶた》になまあたたかく、重たく触れたのは、疑いもなく先生の唇《くちびる》だった。唇は鼻筋に添うてゆっくりと下り、やがて、おどろきのあまり薄くあけていた私の口をおおうて了《しま》った」

10

麗子のでたらめな日記を読んでゆくうちに、精神分析医としては恥かしいことであるが、私は多少冷静を失ったことを告白する。

そこには、神経症の患者の哀れな同情すべき妄想《もうそう》の代りに、何かひど逞《たく》ましい、どす黒い悪意が生きていた。何だって彼女は私にこうも辛《つら》く当る理由があるのだろう。日記を恋人に盗まれたのだって、今では、わざとそうされることを予期して書いたのだとしか思えない。

これにつづく部分はさらにすさまじく、私はよく三文映画に出てくる、滑稽《こっけい》な色魔の悪徳医そのものになっていた。

江上隆一は憎さげに、日記を読んでいる私をじっと睨《にら》みつけているのが、私には感じられた。読みながら、私はたえずこの青年の腕力沙汰《ざた》を警戒して、身構えていなければならなかった。こうなると狂人よりも怖《おそ》ろしいのは正気の人間である。

半ば目を自由日記の頁へ向けつつ、私は内心、この難関にいかに対処すべきかを考えていた。青年の興奮をさますには、なるたけ長いあいだ、こちらが日記にとらわれている必要があった。私は前のほうの頁を何度もひるがえして、すぐ青年を納得させられるだけの論理的欠陥を探し出そうとしたが、生憎《あいにく》そんなものはなくて、いやらしい筆致は首尾一貫していた。しかし私はすでに、読んでいる私の表情が完全に冷静さを取り戻《もど》しているのを知った。

「まあお掛けなさい」と私は、まだ睨みつけながら立っている隆一に言った。「ゆっくり御説明しましょう」

「逃げ口上はききたくありませんね」と言いながらも、隆一は私の前に腰かけたので、私は内心ほっとした。「僕は第一、あなたの釈明をききに来たわけでもなし、あなたに喧嘩《けんか》を売りに来たわけでもありません。ゆすりや美人局《つつもたせ》とまちがえられると迷惑しますから、前以《もっ》てこれははっきり申上げておきます。ただ麗子から手を引いてくれ、と言ってるだけなんです」

「わかりました」私はつとめて物柔らかに言ったが、あまり物柔らかさの度が過ぎると、日記中の色魔に似てくるようで、われながらイヤな気がした。「私が非常に釈明しにくい立場に追い込まれたことは事実だが、何と言っても残念なのは、あなたが一方的な資料だけで判断されたことです。私の医学的資料は本来、極秘のものなんですが、参考のため、あなたに読んでいただけたら、と思います。もちろんあなたがどちらをお信じになるのも御自由ですが、少くとも麗子さんの日記と私のカルテとは、客観的には平等の資料的価値を持っていることは認めていただけるでしょう。そのあとのあなたの判断は御自由です。おい、児玉君、ファイル3から、カルテのN八十五号を持って来てくれ」

と私はインターフォーンのスイッチを入れて命じた。カルテを待つあいだの数分間は、すでに何事かの終った数分間で、隆一は私の顔をまともに見ず、むりに視線を窓のほうへ向けていた。

児玉助手がカルテを持って来たので、私は黙ってそのまま隆一に手渡した。私のこんな振舞をはじめて見た児玉は、おどろいて姿を隠した。

隆一は夢中で読んでいた。私の書いたものよりも、麗子の私あての手紙を一心に読んでいたのは当然であろう。この手紙の内容が、はじめて青年に軽率をさとらせたものらしかった。手紙はどうしても、第一回の診療の時から私にあんな色魔的行動をとられた女の書くような調子ではなく、明らかに日記の内容と矛盾していたからである。隆一がハタと行き詰ったのが、私にはありありとわかった。

11

その日、隆一はお詫《わ》びに一席設けたいと言い出し、私は固辞したが、とうとう約束させられて、閉所時刻の七時から、近所の小料理屋で一杯奢《おご》られたが、酔うにつれて隆一が告白した怒りの動機は、その男らしい率直さで以て、私の心を搏《う》った。彼はそんな単純そうな見かけに似合わず、立派な自己分析の能力を持っていた。そしてあの怒りは単なる嫉妬《しっと》の怒りではなく、隆一の言葉を借りると、「あの冷たい女が、先生の愛撫《あいぶ》にだけは、情熱的に反応したらしい」ということが、耐えられなかったからであった。

健康な外見にもかかわらず、この青年の矜《ほこ》りはずたずたにされていた。彼は、そこらに一杯いる青年の一人、つまり、男性としての性的自負にすべてを賭《か》けているような男だったのである。

隆一との話し合いについては後述するが、話しながら、二人が男同士の共感を抱いたのは、ますます深まる麗子という女の謎《なぞ》であり、隆一にとっては謎も結構だが、分析医としての私にとっては謎は一つの屈辱であった。

次第に私はカウンセラーとしての自分の能力や素質にも、疑問を抱きそうになる自分を警戒したが、こんなことは、自信家の私にとってはじめてのことである。

カール・R・ロジャースは、その『来診者中心の治療法』の中で、カウンセラーの態度と方向づけについて、詳細に論じている。そして『来診者中心の治療法』に於《お》いては、来診者は、操作的・技術的意味における本質的な「自我の代役」を、カウンセラーの中に見出《みいだ》すのだ、と説いている。治療家（カウンセラー）との情動的な温かみのある関係が、やがて来診者に、どんな罪悪をも安心して告白でき、しかもその告白が「受容と尊重」を以て受け入れられるという安全感を生ぜしめる。カウンセラーは、来診者の罪の形代《かたしろ》にならなければならないのである。

果して私にそのような確乎《かっこ》たる自覚があったか、と私は反省せざるをえなかった。私の中には、冷たい客観性や、半ば功利的な学問的好奇心や、それらのさまざまな不純な感情がひそんでいなかったであろうか。麗子は正に、私のそのような不行届を反省させるために、遣《つか》わされた天の使者ではなかったか。

そこまで行くと、もう科学を逸脱して、宗教の領域に入ってしまうから、私としてもとるべき態度でないことは勿論《もちろん》だが、ふつうの患者なら手こずらせれば手こずらせるほど、こっちのファイトも湧《わ》くのに、麗子は妙にこちらのファイトを失わせる力を持っていた。

私は分析医という職業が決して目に見えない人間精神というものを扱うことで、一つの矛盾を犯している点に、気づかざるを得なかった。医学の中でももっとも明快なのは外科であって、医者が単に技術的洗練を以て、道具を用いて病巣を剔出《てきしゅつ》すればそれですむ。しかるに精神医学とは、精神を扱うのに、こちらの道具も一個の精神にすぎず、健康者対病者を、普遍対特殊と扱う見地も、単に程度の問題にすぎないのである。

やや話が横に外《そ》れたが、例の隆一に話を戻すと、彼は酔うほどにだらしがなくなり、麗子に関する愚痴を綿々とこぼしはじめた。彼はたしかに麗子を愛しているし、麗子も彼を愛していることは確実なのに（この点については、分析医としての私には多少の疑惑が残る）どうしても彼女の体にその愛をたしかめることができず、どこまで追いつめても無駄《むだ》なので、それで飽きるかというと、却《かえ》って彼の姿勢が前のめりになって、相手に引きずられてしまうというのである。

「僕は今までこんなに女に引きずられたと感じたことはありません。まるで深い淵《ふち》へ引きずり込まれるようなんです」

と隆一が言った言葉には、事実、妙な実感がこもっていた。

再々言うように、私は何も身上相談をされる義理はないが、こうして今朝までは他人であった人間から、心の底を打明けられると、余計な親切心を出しかねない状態にあった。話をきいているうちに、彼女の冷感症や悪意のある拵《こしら》え事は、隆一が麗子の非処女であることをいいことにして、一切結婚の申出をしない態度に起因するのではないかという推測がだんだん強くなった。それならば、隆一が明日にでも麗子と結婚すれば、問題はすべて氷解するかと云うのに、私もそこまでの確信は持てない。そこに私情を入れるのは遺憾《いかん》であるが、私の心の中には、一方で、隆一と麗子を結婚させて、なお病状を悪化させたらえらいことになる、という医家としての慎重さと共に、一方では、ひそかに、隆一と麗子を結婚させたくないような気持が働らいていた。私は結局、麗子にもうしばらく治療を施してみることを、隆一に納得させる以外のことはできなかった。

12

明《あく》る日、まさか来るまいと思っていた麗子が、平然と約束の時刻に姿を現わしたとき、一晩ですっかり冷静さを取り戻していた私は、昨日の事件などはおくびにも出さず、彼女を分析室へ案内することができた。

麗子の日ごろ美しい目が、充血しているのを見た私は、昨夜彼女がほとんど眠れない状態にあったことを考え、一瞬、異様な想像で胸がさわいだ。分析室へこんな身体的悪条件で入ってくることは、好ましくないことだったが、それも人によるので、今朝は却って麗子のチックが分析室へ入る途端に止《や》んだのを見て、私はあのような波瀾《はらん》を経たのち、はじめて彼女が治療に馴染《なじ》んで来たのを察した。

果して麗子は、寝椅子に身を横たえると、われから首のスカーフをとり、スーツの胸もとをあけて、白い胸の三角をあらわし、そこから首のあたりまでを美しい指で撫《な》でまわしながら、

「ああ、ここへ来るとほっとするわ。先生、今日ほど治療を受けに伺うのがたのしみだったことはないんです。私、世界中でこの椅子の上しか、本当に身も心も休まる場所がないんだと思いますわ」

「その椅子は、あなたにとっては、電気椅子みたいなもんだ、と思ってましたがね」

「あら、先生」と彼女はむしろ質実な口調で、私のどぎつい冗談に答えた。「だからこそだわ。罪に罪を重ねた人間が、最後にほっとするのは、電気椅子に坐《すわ》ったときじゃないでしょうか」

彼女が罪の自覚を持っていることはもはや明らかだったが、私は昨日の事件を自分

のほうからは決して言い出すまいと決心していた。

「さあ、気を楽にして、何でも思ったとおりのことを言ってごらんなさい」

と私はさりげなく、やさしい声で言った。

一体、第三回の面接、第二回の治療というのは、自由連想法に於て、成否の分れ目とは云わないまでも、かなり重要な転機を劃《かく》する場合が少なくない。神経質な反応も薄れ、さらに大事なことは、患者自身が自分の問題は一体何であるかわからないという実感を経験しはじめることである。この「わからない」ということが重要なので、第一回の治療までは患者は自分がここへ来診した理由とその問題性とを、はっきり知っていると自ら思っている。それまで患者は自分をここへ来させたところのかなり勇敢な「意志」に自分でだまされており、第二回の治療こそは、自分の意志の不明確な性質、世間一般で「意志」が荷《にな》っているのと逆転した価値、などに目ざめてゆく機会なのだ。

そこで私はこれを期待して、私の存在をなるたけ麗子の念頭から消し去るように努めながら、よく尖《とが》らせた鉛筆を紙上にあてて待機していた。もっとも、この私好みの、神経質に芯《しん》を尖らせた鉛筆は、尖端《せんたん》恐怖症の患者のときには、隠しておかなければならないのであるが。

柔らかな、むしろ仄暗《ほのぐら》い光線のなかで、何事かを語りだす麗子の唇。それを見るたびに、私は人間のふしぎというものを思わずにはいられない。それは色彩の少ない部屋の中に、小さな鮮やかな花のように浮んでいるが、それが語りだす言葉の底には、広漠《こうばく》たる大地の記憶がすべて含まれており、こうした一輪の花を咲かすにも、人間の歴史と精神の全問題が、ほんの微量ずつでも、ひしめき合い、力を貸し合っているのがわかるのである。私たち分析医は、この小さな美しい花をとおして、大地と海のあらゆる記憶にかかわり合わなければならぬのだ。

「会社を休んでいるのが淋《さび》しくなって」と麗子は目をつぶったまま喋《しゃべ》りだした。「会社の前まで行って、外から様子を見てみる気になりました。いつものように電車に乗りました。すると、どうしてでしょう、乗客が一人もいません。窓から見ると、大きな広告がみんな白地になっていて、字一つ絵一つありません。電車を下りて、会社のビルまでの間、いいお天気の午前中なのに、誰《だれ》一人、人間というものに会わないんです。ようやく私は、自分が夢を見ているのに気がつきました。夢でもかまわない。行けるところまで行ってみようと思って、どんどん歩いて行きました。会社のビルが、自動車一台とおらぬ道のむこうに見えて来ました。

ビルの周辺にはもちろん人っ子一人見えず、八階建のどの窓にも仕事をしている気配はありません。そのとき、八階の一つの窓がキラリと光りました。今まで死んだように曇っていた窓の一つが、急にそんな風に光ったのは、たまたま開けた窓硝子《まどガラス》が日光の方角に向ったからにちがいありません。

『あそこにだけ人がいるんだわ』

と私がなつかしさと嬉《うれ》しさで思わず声をあげようとすると、窓には黒い人影があらわれました。『隆一さんだわ』と私は直感で、すぐそう思ったのです。するとその人は、窓枠《まどわく》に足をかけて、体を乗り出して来ました。『いけない！　いけない！』と、私は必死で叫びましたが、その人はますます体を乗り出して来ると思うと、真逆様《まっさかさま》に落ちてきました。

気がついたときは、しんとした明るい街路に、盥《たらい》一杯ぶちまけたような血が飛び散り、その中に半ば浸って、一人の青年が倒れて、体を小刻みにふるわせていました。私は思わず駈《か》け寄って、抱きあげました。顔はひどく壊れていましたが、たしかに隆一さんだとわかりました。あっと思ったときに、目がさめました。目がさめたのはまだ真夜中で、枕《まくら》もとの時計のチクタクいう音が、何だかひどく生々しくて不気味でした。それから朝まで二度と眠れません。だからこんなに寝不足の顔で伺うことになったんですわ」

私は忠実な筆記者として、この夢を記録しつづけたが、果して昨夜見た夢か否《いな》かは別として、まるきりの嘘《うそ》ではなさそうに思われた。四囲の状況から見て、麗子は隆一の自殺を希《ねが》ってもふしぎではない。しかし麗子が、そういう夢の解釈を、当然のこととして押しつけて来る態度を見ると、きいている私も、おのずから興味索然とならざるをえなかった。

麗子はそこまで語ると、しばらく黙っていた。そのうちにスーツの胸が、目にしるく、はげしい起伏を示した。彼女は急に身を起して、両手で顔をおおい、泣きながら次のように叫んだ。

「先生、ごめんなさい。嘘なんです。みんな嘘なんです。私、嘘しか言えない女なんです」

「いいから落着いて」と私は冷静な声ではげました。「ここは警察じゃないんだから、嘘でも本当でも、そんなことはかまわない。前にも言ったでしょう。何でも心に浮ぶままに話して下さい、って」

「ええ、それはそうですけど」と麗子はいっかな泣き止まなかった。そしてハンカチを出して洟《はな》をかんでから、椅子の上で身をよじり、私のほうへまともに顔を向けた。

「いいでしょうか？　椅子を少し立てても」

「ああ、いいですとも」

と私は手をのばして、釦《ボタン》を押し、椅子の背をほぼ垂直に立てた。彼女は椅子を廻《まわ》して、今度ははっきり私に対座する姿勢になった。涙に濡《ぬ》れてその顔が怖ろしいほど白く、髪のほつれが、こめかみのところで、藻《も》のように漂うのを見て、私はこんなモダンな女の中に、一瞬、民俗学者の言う「水の女」の幻を見出した。

「私、本当に今日こそは、先生にお詫びしなければいけない、と思って来たんです。でも、どうしても今まで、お詫びの言葉が出なくって。……きのうのこと、本当に申訳ありません。

隆一さんも隆一さんですけど、私もあんな日記を書いて、わざと隆一さんが見るように仕向けたのは、罪が深かったと思います。私、体のほうのことに自信がないものですから、ああでもして、隆一さんに烈《はげ》しい嫉妬を起させる以外に、あの人の心をつなぎ止める方法がなかったんです」

「たしかに他《ほか》に方法はなかったでしょうか」

「ええ、先生には悪いけど、ああでもすれば……」

「麗子さん」と私は機をとらえて、ややきびしく言った。「あなたは本当に隆一君に対して誠実な気持を持っているのですか？」

「ええ、もちろんですわ。でもどうして？」

「じゃ訊《き》きますが、あなたは分析療法を受けて、冷感症がすっかり治った場合、隆一君を相手に、生の回復のよろこびを味わおうとしているのか、それとも、そのときこそ、隆一君を捨てて、ほかの男の腕の中で、第二のよみがえった自分を味わおうとしているのか、どっちなのですか？」

「それは、もちろん、はじめのほうです。つまり、隆一さんにすまないと思う気持から、こうして伺っているのですもの、隆一さんのためにきまっていますわ」

「いや」と私は鉛筆を紙の上にキッパリ置いて、彼女の目を直視しながら、言った。「そうじゃありません。あなたは隆一君に対しては、永久に、冷感症を保ちつづけたいと思っているのです」

「え？」

「それは分析の結果にはっきりあらわれています。ここへ来てから、あなたは口では冷感症を癒《なお》したいと言いながら、全精神全肉体でそれに抗《さか》らっているのです。あなたのヒステリー症候群の原因はすべてそこにあります。あなたの良心が、あなたの、冷感症を治したくないという頑固《がんこ》な欲求と、真正面に戦っているその葛藤《かっとう》から、チックやいろいろの症状があらわれたのです。

あなたは最初に見えたとき、音楽がきこえない、というふしぎな症状を愬《うった》え、あとからあれは、単に冷感症の婉曲《えんきょく》な表現であって、嘘なのだ、と言われましたね。あれは実は嘘ではなかったのです。

音楽とは、あなたの無意識の中では、オルガスムスの象徴ではなくて、『隆一君のために冷感症を治したい』という良心の声だったのです。それを『治したくない』という頑固な欲求が打ち消して、音楽をあなたの耳から遮《さまた》げようとするのを、あのような表現で語ったわけなのです。

鋏《はさみ》と男根の関係もまた、これによってはっきりします。これが故意に性的象徴の形をとっているのは、精神分析に多少知識を持っているあなたが、わざとそんな露骨な象徴を用いて、人目をくらまそうとしているわけで、それは実は、もっとも単純な象徴なのです。男根とは、つまり、隆一君の男根の焦躁《しょうそう》感に感情移入をして、あなた自身の良心をかりに男性化してみせた姿であって、その男根とはあなた自身の良心の姿なのです。鋏はそれに対する否定と敵意、あなたの心にひそむ頑固な反対者であって、説明を要しません。ですから、鋏と男根、切るものと切られるものとが同じように連想されたのはふしぎだ、と私が言ったとき、すでに私は解決の端緒をつかんでいたのです。同じように連想されるのはふしぎでも何でもない、それはいずれもあなた自身だったからです。あなたが冷感症を治したくないと思っていることを、率直におみとめなさい」

麗子はうなだれていた。それは正に神妙な被告の姿だった。

私は自分の患者がこうして打ちのめされている姿を見るのが、好きだという感情をどうしても否めない。

「どうです」と私は更に追究した。「あの嘘の日記も、私を道具に使って、隆一君をもっと苦しめてやろう。『あなたとは感じなくても、他の男には感じるのだ』という残酷な宣言を、間接的に隆一君に与えよう、という意図にちがいありません。そうでしょう」

麗子は、しばらく頭を垂れたまま、黙っていた。ようやく、とぎれとぎれにこう言った。

「仰言《おっしゃ》るとおりだと思いますわ、先生」

「でも、それは何故なのです」

「全部申上げなくちゃ、わかっていただけないと思いますの。この前、先生は、『お母さんの乳房をはげしく奪い合った弟、あるいは双生児の兄とか、そういうふうな存在があなたの傍《かたわ》らにはいませんでしたか？』

とお訊きになりましたわね。

実はいたんです。多分それがずっと私の生活に尾を引いているんです。それをお話しなくては……」

「話してごらんなさい」

私は、尖《とが》った鉛筆を構えて、心から満足しつつ、麗子の言葉を待った。

13

……麗子の話はこうである。

麗子には実は兄がいた。兄とは十歳の年のちがいがあった。この前、昇仙峡《しょうせんきょう》へ伯母に連れて行かれ、そこで伯母の情事を見てしまったという小学校四年生の記憶には、実はこの兄がからんでいたのである。

伯母の恋人というのは、麗子の兄なのだった。

私ははじめて真相をつかめた感じを持ったが、このときの精神的外傷は充分後年の麗子の障害を形づくるに足るものだと考えられる。シュテーケルの言う如《ごと》く、「すべての神経症者は自分の家族に悩み、ある知恵者が Familitis（家族熱）と呼んだほどひろく伝播《でんぱ》しているこの病気の痕跡《こんせき》を示している」のであるが、麗子には、父の影像《イマーゴー》があまり強烈でなく、エレクトラ・コムプレックス（父親固着）が顕著でないところから、私はこの種の近親相姦《そうかん》的精神外傷の存在をはっきりつかめずにいたのであった。

今や私はますます自分の直感に自信を持ったが、この前の手紙で、「そういう性行為の目撃に類似した経験は、小学校四年生のあなたにとっては、どうやらはじめての経験ではないように疑われる」と書いたのは、正に彼女の告白の事実に符合していた。

麗子は兄とは、実に仲の好い兄妹であり、彼女は兄を熱狂的に愛していた。兄のあとにはどこへでもついて歩き、兄が喧嘩《けんか》が強いとか、美男子だとかいう評判をきくと、子供心にもうれしくてならなかった。小学校三年生のころ、ある晩、兄の寝床へもぐり込んで寝ていたとき（両親がそれを禁じていたので、なおさらそれは甘い魅惑であった）、兄の指が彼女の小さな桃いろの貝殻《かいがら》に触れて、その貝殻が、海の遠い潮鳴りを伝えてくることを教えてくれた。

「いいかい、麗ちゃん、じっと目をつぶっていろ。いいこと、教えてあげるから。誰にも言っちゃいけないよ」

兄はそう言いながら、そろそろと指をのばし、片手で小さい麗子の肩をしっかりと抱きしめながら、麗子がまだ味わったこともない、しびれるような、怖《おそ》ろしい、甘い感覚へと連れて行ってくれたのだった。そのとき以来、この甘い感覚は兄そのものの存在と切り離せぬものになり、彼女はますます兄にまとわりついたが、兄は二度とそんな悪戯《いたずら》はせず、妹のほうからも恥かしくて言い出せなかった。

そのあくる年の夏に、昇仙峡での事件が起ったのである。

兄は二度も辷《すべ》った大学の受験勉強のために、浪人の身を昇仙峡の宿の一室にこもっていた。麗子があんまり兄に会いたがるので、勉強の邪魔になってはいけないから、誰かに連れて行ってもらって、他の宿屋へ泊るなら、二三日行ってもよい、と父母が言った。伯母がたまたまこの役を引受けてくれた。

ところがそれは「たまたま」ではなくて、すでに伯母が兄としめし合せた筋書であった。兄にしても、去年の妹への悪戯までが、この準備工作であったとは考えられないが、あのことがあったために、幼ない妹に対して一種の性的寛容を期待したという気持があったのであろう。伯母の床へ彼がしのび込んできたとき、麗子の眠りが狸寝《たぬきね》入《い》りであることを、彼が察していたとしても、あのことがあった以上、妹に対して大したショックになるまい、という若者の自分勝手な計算があったろうことは想像される。

庭からその宿へ忍んできた兄は、明けぬうちに庭からかえったが、闇《やみ》にまぎれるためであったか、兄は黒いポロシャツと黒ズボンを穿《は》き、素足に運動靴《うんどうぐつ》を穿いていた。

伯母が蚊帳《かや》の外へ送りに出たので、庭の外灯のおぼろな光りの下《もと》に、兄が伯母と接吻《せっぷん》して、庭の繁みへ隠れ去るのを、今度は麗子は、蚊帳の中から、はっきり目をひらいて、眺《なが》めていることができたのである。

明る朝、麗子は家へかえりたいとむずかり出し、とうとう我を通して、伯母に連れられて甲府市へかえった。

その年のおわりごろ、伯母との情事が世間へ洩《も》れて、兄は父からひどい叱責《しっせき》を喰《くら》い、しかも再び大学の入試に落ちて、或《あ》る日、とうとう家出をして、行方《ゆくえ》をくらましてしまったのである。家ではすぐ捜索願を出したが、兄の所在は今日にいたるまで不明である。

麗子の上京や卒業後の生活について、父母が必要以上に甘やかしているのは、大事な跡取息子を失った経験に基づいていると言ってよい。

なお、兄の事件によって麗子の将来を心配した両親は、麗子が小学校を卒業すると同時に、又従兄《またいとこ》と婚約させたが、それがどういう逆効果をもたらしたかは、前にも述べたとおりである。

麗子の心は、成長と共に、いなくなった兄の像への愛着と憎悪《ぞうお》以外の、何ものをも容《い》れる余地がなくなっていた。

…………。

「ここまで話せば、もうわかっていただけると思います。隆一さんはどこか兄の面影に似ているのです。それが隆一さんが好きになった理由でもあれば、あの人を体で拒む理由にもなっているんです。

一番いけないことは、はじめてあの人とホテルへ行った日のことなんです。

夏の日曜日でした。待合せの場所へ、あの人は、黒いポロシャツと黒ズボンで来ていました。その上サン・グラスをかけていたので、いつも会社で身だしなみのいい恰《かっ》好《こう》をしている彼からは、想像もつかない姿でした。私は遠くからそれを見て、てっきり兄だと思いました。心の中で『お兄さん』と叫んで、私は胸をつきあげてくる思いにせき立てられながら、夢中で駈《か》け出しました。

『やあ』

と言って、あの人はサン・グラスを外《はず》して、笑いかけました。それは正しく隆一さんで、兄ではありませんでした。

その晩、私は隆一さんに誘われるまま、ホテルへついて行ってしまいましたが、一度、隆一さんと兄とを見まちがえたからには、もう私は抵抗できませんでした。私は隆一さんを本当に愛してしまったと信じました。でも、抵抗はその後にあったのです。最初の晩から私はダメでした。隆一さんは夢中で、私のダメなことには気づかず、それから何度かの間は、隆一さんが全く自分の手落ちだと信じて、私に詫《わ》びたいような様子を見せていましたけれど……。

最初の晩、私の中では二つの考えが戦っていました。もし隆一さんが兄さんなら、小学校三年生のときの一夜のように、一生を支配するだけの強い甘い感覚が再現されるだろうという、夢のような過大な期待と、もう一つは、もし隆一さんが兄さんなら、二人が一緒に寝ることは禁じられており、それから決して快感を得てはいけないのだ、という超自然的な恐怖と。

それが、先生、今まで尾を引いて私を苦しめていることの全《すべ》てなんです。先生の仰言るように、隆一さんと兄とを同一視するために、どうしても隆一さんの前では冷感症でありつづけたいと思っているのは本当かもしれません。それが又、小学校四年生の私に、伯母との醜い情事を見せたりした兄への最後の復讐《ふくしゅう》にもなるのですもの」

語りおわった麗子の顔には、今までになかったほどの、神々《こうごう》しいような、澄んだ表情があらわれていた。私は自分の分析療法が真の成果を挙げつつあることに興奮していた。

……しかし現実は、それほどお誂《あつら》え向きには運ばなかったのである。

14

私が一患者の次の来診日を、今度ほどたのしみにしたことはない。麗子の次の来診日は、四回目の面接であり、三回目の治療である。はじめて会った秋の一日から、すでに一ト月ちかくなって、初冬の荒涼とした感じが、たとえば裸の街路樹の梢《こずえ》の昼のネオン管のしらじらしさにも漂っていた。

私の診療所は、妙なもので、世間が暇なときは暇になり、世間が忙しいときは忙しくなるのは、日比谷のどまんなかにあるせいばかりではあるまい。たとえば夏場は概して閑散だが、これから年の暮へかけて忙しくなり、正月は一寸閑《ちょっとひま》でも、大学の試験期や、官庁・会社の決算期、又、昔から云う「木の芽時」に患者が急増する傾きがある。夏場は、テレビのナイター放送を見すぎて、幻聴幻視を起したり、頭に電波がいっぱい詰って耳鳴りがしたりという患者は来るが、こういう患者のお相手は、一から十まで野球の話ばかりで閉口である。

最近の変り種は、アメリカの小都市から来た或る個人会社の社長だが、六十七歳のこの堂々たる白髪の老紳士は、私のアメリカ滞在中の分析医の友人の紹介状を持って来ており、その来日は、友人のすすめによるものであった。

友人は分析の結果、紳士が極端な清教徒気質から、この年まで妻以外の女性を知らず、しかもこの年になって急に欲求不満が内攻し、仕事も手につかなくなったという事実を簡単に拾い出した。その処方たるや又簡単で、（ずいぶん日本をバカにした話であるが）、商用と称して単身日本へ渡り、手あたり次第に女と遊んでくるように、とすすめたのである。

こんなものは神経症でも何でもなく、老紳士自身もよくそれを知っていて、本国では懇意の分析医を、絶対秘密の保てる人生相談係に雇っているようなものだった。だから私にも、たった一回の来診で、びっくりするほど高い診察料を押しつけるように置いてゆき、代りに一晩、東京案内をさせられた。私はこのとおり朴念仁《ぼくねんじん》であるから、しかるべき方面は、遊びの巧《うま》い友人の医者に案内させたのである。

こんなのはご愛嬌《あいきょう》に属するが、売れなくなってノイローゼになった或る映画女優の患者には手こずった。彼女の名はあまりにも有名であるが、ここで公表するわけには行かない。彼女は終始不機嫌《ふきげん》な権高《けんだか》な態度で私に接し、

「私がこんなところ（こんなところとは、かなり失礼な言草だ）へ堂々とやってくれば、世間がどう思うか、先生だっておわかりでしょう。私はその効果を狙《ねら》うために来

てるんで、別に治療していただこうと思って来てるんじゃないし、第一、病気でもない人を、どうやって治療できます？」

とのっけから言った。彼女の言わんとするところはこうである。つまり彼女は病気でも何でもない。ただ都心の派手な場所にある分析医のところへ通っていれば、すぐさま世間に知れてノイローゼとさわがれ、女優としての商品価値を落すことになる。自分を重用しないプロデューサーに、掌中の珠《たま》の価値を思い知らせてやるためには、その珠が地に落ちてみじんに砕けた姿を見せて、後悔させてやるに如《し》くはない。だから彼女は自分の商品価値を転落させて、プロデューサーに思い知らせてやるためだけに、ここへ堂々と通って来たいのだ。……

しかしこの理窟《りくつ》には少々変なところがあり、又、「堂々と」来ている筈《はず》の彼女が、診療所に入るとき、決して黒眼鏡を外さず、あたりを見廻《みまわ》してから入って来るのは矛盾している。

二三回の分析治療を経なければ確乎《かっこ》としたことは言えないが、彼女における「精神内界の失調」や「情動・観念の分裂」等の症候群が確認されれば、精神分裂症《シゾフレニア》の疑いの濃い患者となることが考えられる。今まで彼女が演じた種々の美しいヒロインの役《やく》柄《がら》を思うと、いたましい結果であるが、ファンのイメージを保つために、病気を押えておくということもできない相談であるから、今彼女の人気が下降線を辿《たど》っていることは、却《かえ》って彼女の療養には幸運である、と考えるほかはあるまい。

山内明美は、しかしこの問題に、多少はしたない興味を示した。美貌《びぼう》の映画スターが精神分裂症の疑いがあるということに、どうしてこれほど深々たる興味を抱くのか測りがたいが、彼女はわざわざ古本屋へ行って、数年前からの映画雑誌を買い集めて来、あの女優の主演映画のスチールをあれこれと見比べて悦に入っている。

「世間じゃまさか彼女を分裂症だなんて思ってもみないわね。週刊誌が知ったら何て書くでしょう」

「おいおい。週刊誌なんかにネタを売っちゃ困るよ」

明美はとりわけ、とあるメロドラマ映画の一枚のスチールで、あの女優が二枚目の男優に抱かれて、今正に接吻されようとしている写真をしげしげと眺めていた。

「この女がキ印だと知ったら、抱いてる彼はどんな気がするでしょう」

こんな破滅的な状況を、ひろい東京で彼女だけが知っているということほど、明美の心に媚《こ》びることはないらしかった。

私はこういう明美をうとましく感じたけれども、彼女があの女優のことで頭を一杯にしているあいだは、麗子のことでうるさく言われないだけ助かった。しかしよく考えてみると、それほど明美は、たえず麗子のことで私に厭味《いやみ》を言っていたわけではない。明美がちらと麗子の名を出すたびに、そのとき麗子を心に浮べていた私の神経に強く障《さわ》り、それだけ明美がたえず麗子を敵視しているように感じたのかもしれない。

麗子の分析がいよいよ核心に入ってきたという喜びに加えて、私はこの次の来診の折、麗子がチックの影もない明朗な顔であらわれるかもしれないという期待もあり、又、分析治療の結果が思いがけぬ新らしい発見を私の方法に加えるかもしれないという希望もあって、毎晩を読書にいそしんだ。

この私の精進を、明美が多分に冷笑的な目で眺めていたのは事実である。私は麗子のケースを材料にして論文を書こうと思い、ノートも殊《こと》に綿密にとり、ファイルの保管も児玉助手に特に念入りに命じたが、それがことごとく明美の目には、麗子を特別扱いするように見えるらしく、

「そんなことをしたってムダよ。折角の苦心も水の泡《あわ》というところがオチでしょ」

などと聞き捨てならぬことを言うのである。私は決して喧嘩をしない性質《たち》だから、

「へえ、君のほうが近ごろはよほど分析の必要があるよ」

などと力のない皮肉を言うばかりだが、

「私を分析してごらんなさいよ。面白いわよ。あなたに具合のわるいデータばっかり

飛び出すから。そっちのほうを学会へ提出なさったら？」

と、同棲《どうせい》もしていないのに、女房はだしの厭味で報いるのだった。

このところの読書の結果、私は徐々に恩師の方法に加味するに、スイスのビンスワンゲルが創《はじ》めた精神病理学的研究の方法である「現存在分析《ダーザインスアナリーゼ》」（Daseinsanalyse）に傾倒するようになっていた。これにはハイデッガーの実存主義哲学の影響が色濃く、在来の、生身の人間を機械的に精神分析用語の諸概念で篩《ふる》いわけるフロイト的方法を脱却して、より具体的な実存的な病者の人間像をとらえようとする試みである。この派には、チューリッヒの精神病学者メダルト・ボスなどの、深い臨床経験から出た温かい公正な人間観察が、広大な哲学を背景にして語られており、各種の性的倒錯の解明が、単なる幼時の精神的外傷の発見で足れりとされているのではなく、倒錯それ自体が失敗であり蹉跌《さてつ》であり、道に迷った行為であるにしても、根本的には、正常人の正常な性行為と同じく、特殊なエロス的な融合体験を通じて、愛の「世界内存在可能性」を開拓し、何とかして「愛の全体性」に到達しようとする試みだ、と説かれているのである。

日本ではまだ十分受け入れられているとはいえないこの学説は、このごろたまたま私の心に去来する疑問に十分こたえるものを持っており、アメリカの新フロイト学派の学説とも一面相通ずるものを含んでいた。

麗子の冷感症は性的倒錯とは一緒にできないけれども、彼女が意識的に、又無意識的に、この欠陥を武器として人生と戦ってきたことが明白な以上、その冷感症を、ただ否定的側面から、――すなわち「拒否」の面から――だけとらえるのは十分ではなく、その武器によって、あるいは鎧《よろい》によって、彼女が心の底で、いつも彼女の「愛の全体性」に到達しようとしている肯定的側面もとらえなければならないのではないか？　そしてその「愛の全体性」への到達は、彼女にとって、ただ、失踪《しっそう》した兄に再びめぐり会うことなのであろうか？　……私にはそうとは考えられない。

人間というものは、自分の努力している目標の前に、ことさら自分で障害を設定するような厄介《やっかい》な生物であって、麗子の冷感症を、この自ら設けた障害と考えると、彼女の最後の目標は、世間の女の九十九パーセントまでがよくも知らぬような、性愛の完全な歓喜の花園であり、比較を絶した「悦楽の天国」であるとも考えられる。

それなら、彼女の冷感症は、単に、彼女がものすごい理想主義者であるという証拠にすぎないのではなかろうか？

……夜毎《よごと》にこんなことを考えつづけながら、私は何十ぺんとなく、麗子の分析歴を読み返し、今まで気づかなかった要所はないかと探してみた。すると、彼女の許婚者であった又従兄の青年、少女時代にその青年から奪われた純潔、彼女の東京滞在の根本原因である彼という「いとうべき」人物については、まだほとんど分析が行き届いていないことが明らかになった。私はこの人物についていろいろ考えたが、何ら具体的なイメージはうかんで来なかった。今度の診療の折には、この人物への嫌悪《けんお》と、失踪した兄のイメージとの関連を、もうすこし突っ込んでみる必要があるな、と私は考えていた。

あとになってわかったことだが、こんな私の直感は、気味がわるいほど的を射ていたのである。

15

さて、待ちに待った診療日に、麗子はとうとう現われなかった。何の断わりもなく、電話一つかけて来なかった。

私はいらいらしながら、さまざまな推測を試みた。

一つはかなり楽天的な推測であるが、世間の恩知らずな患者の例に洩《も》れず、この間の治療の成功によって、麗子が江上青年とはじめてあの「音楽」をきくにいたり、その歓《よろこ》びのために万事を放擲《ほうてき》して旅行にでも出かけ、今までの辛気《しんき》くさい分析室の雰囲《ふんい》気《き》などは、記憶から拭《ぬぐ》い去ってしまったのではないか、という想像である。

一つは、彼女の抵抗が急に増大して、底の底まで分析されつくした恐怖から、私に対して憎悪《ぞうお》を抱くにいたり、当分私の顔を見るのもいやになったのではないか、という推測である。

第一のほうを信ずるとすれば、多少の嫉妬《しっと》も感じられ、第二のほうを信じたい気が起るのであるが、それは又分析医としての蹉跌《さてつ》を自認することで、どちらにしろその日の私の心境は、分析医として甚《はなは》だ自慢にならぬ心境であった。

『それごらんなさい』と明美の目は暗《あん》に語っており、さすがに口には出さなかったけれども、自分の予想の的中を喜んでいた。

その日一日を私は正直暗澹《あんたん》たる気持ですごしたが、そのために私は分析医に一等大切な「忍耐」を忘れかけていた。

暗い土の底の種子が割れ、すこしずつ芽生え、解決の花を咲かすまで、ただ忍耐づよく待ちながら、水と肥料を施すのが、分析医の役割であるが、私にはもう待ちきれない気がしていた。それでも彼女のアパートへ電話をかける決心はつかず、明美が実に事務的にさりげなく、

「どうしたんでしょう。彼女、風邪《かぜ》でも引いたんじゃないかしら。電話かけてみまし

ようか」

と言い出したとき、

「いや、かけないほうがいいだろう」

と言い切ってしまった手前、ますます電話は諦《あきら》めねばならなかった。この私の返事に、分析治療上の判断よりも、明美に対する意地がまざっていたことを私はよくよくと反省した。

夜になった。私は一人になるとすぐ、江上青年のところへ電話をかけた。彼は意外にも会社からまっすぐ帰宅しており、私の電話に救われたように愛想《あいそ》のよい声を出し、有楽町の前に会った小料理屋でゆっくり話をしたいと言った。

それはすしや横町の一劃《いっかく》にある小さな店で、大学のボート部のころから、T大学ファンのおかみさんに可愛《かわい》がられて、選手一同が通っていた店だと江上は言った。江上は今夜は、なつかしい旧友を扱うように私を扱った。あんまりぱっとしない皿小鉢《さらこばち》を前にして、

「あれから一週間どんな具合でした？」

と私は率直に切り出した。

「この前の治療から二三日は、彼女はとても調子がよかったんです。ヒステリックな

態度も見せませんでしたし、夜も、まだ治るところまでは行きませんが、楽な気持で僕《ぼく》のリードに委《まか》せる、という風になっていました。この調子ならうまく行きそうだ、と僕は先生に感謝する気持になっていたんです。

ところへ、青天の霹靂《へきれき》っていうんでしょうか、例の許婚者の又従兄が死にかけているというしらせが来たんです。彼女の父親からの手紙で、僕も見せてもらいましたが、まだ三十前の若さなのに、麗子が東京からかえらないのに業《ごう》を煮やして、酒びたりの生活をつづけたせいか、肝臓癌《かんぞうがん》になり、明日をも知れない命だが、どうしても麗子の顔を一目見たい、と言っているので、すぐ帰って来い、という手紙なんです。

もちろん僕はこの手紙のことで口論しました。あれほど嫌《きら》っていた許婚者なのだから、死にかけているからと云って、あわてて駈《か》けつける必要はあるまい、と僕が言うと、麗子は意外にも、冷酷だと僕を責めるのです。

憎んでも憎み足りない男ではあるが、一面から見れば、幼い時から一緒に遊んだ又従兄であり、子供のころの無邪気な思い出も沢山ある。あなたは私の親戚《しんせき》をあんまりないがしろに扱いすぎる、などと逆襲してくる口調は、日頃のシニカルな麗子にも似合わず、僕は何だか急に麗子の田舎《いなか》くさい同族意識に触れたような気がして、鼻白みました。

僕は、それまで彼女がどうしても行くというのなら、会社を休んで甲府までついて行こうかとまで思っていましたが、こんな反撃に会って、ついて行く気もしなくなりました。

実は一昨日、麗子が発《た》つのを駅へ見送ったんですが、そのとき僕は、今度の汐見先生の約束はどうするつもりなんだ、とききました。むこうから手紙を出しとくわ、と彼女は言っていましたが、手紙は来ていますか？」

「いや」

と私は、ぼんやりと話をきいた末に、ぼんやり答えた。

江上隆一の感じた幻滅は、多少私にも共通しており、今まであれほど精密に組み立ててきた彼女の心理のからくりと、それに挑《いど》みかかって人間精神の内奥を究《きわ》めようと意気込んでいた私の分析とは、両《ふた》つながら、こんな地方の旧家の娘らしい、素朴な同族感情のおかげで、みごとにうっちゃりを喰《く》わされたような気がした。

しかし、それで私の麗子に対する興味が失せた、と云っては嘘《うそ》になる。

あくる日から早速、私は麗子の手紙を待ちはじめ、さらに一週間たったとき、今度は隆一が私に電話をかけて来て、あまり麗子の帰国が永びくので、一寸《ちょっと》それとなく様子を見に甲府へ行ってくる、と告げた。

私は今は隆一の帰っての報告を心待ちにするほかはなかった。

隆一は帰るとすぐ私の診療所を訪れ、折から客の絶えた待合室で、どんよりした冬空の窓の光りを、片頰《かたほお》に浴びながら、沈んだ口調でこう言った。

「わからねえな。あいつは全く変ですよ」

「どうだったんだ」

「僕は市立病院へ行って、患者のところへいきなり見舞にも行けず、いろいろと苦労しました。親戚の者だと言って、看護婦をつかまえて……」

「そういうことはお手のものだろう」

と私がからかった途端、聴耳《ききみみ》を立てるように白衣の明美が部屋を横切ったので、私はちらときびしい目でそちらを見て、彼女を追い立てた。

「まあね」と青年は照れもしなかった。「東京に住んでる親戚の者だが、一寸義理が悪くて直接顔を出せないし、心配でたまらないから、病状をいろいろ話してくれ、とたのんだんです。看護婦はチラと僕を見上げて、病院の外の喫茶店で会う約束をしてくれました。

僕が待ってると、看護婦は白衣の上から赤いトップ・コートを羽織って入ってきて、親身に教えてくれました。

患者は気の毒に、もう一、二週間もつかもたぬかであること、肝臓癌の末期で腹水《ふくすい》がたまり、いくら水をとっても腹が蛙《かえる》のようにふくれたままで、胸が圧迫されて苦しんでいること、手は衣紋竹《えもんだけ》ぐらいの細さになってしまったこと、……その他の病状をふんふんと心配そうにきいた上で、僕はだんだん質問を核心へ持ってきました。

病人の看護はどうしているか、見舞客の中に親戚のこれこれの女はいないか……などとさりげなくきいてみると、看護婦の話した事実はおどろくべきものでした。

『でもあの患者さん仕合せだと思いますわ』

と看護婦は、指を組み合わせて、夢みるような口調で言うんです。

『ああいうのを見ると、いっそ羨《うらや》ましいと思いますわ』

『羨ましいって、何がです』

『あの許婚者《いいなずけ》のきれいな人、東京から駈けつけてきた麗子さんって人、きっと事情があって離れ離れになっていたんですわね、可哀想《かわいそう》に。ここへ来てから十日間ってもの、ずっとつきっきりの看病なんです。私もいろんな患者さん見てますけど、奥さんでもなかなかあんな献身的な看護って出来ないですね。夜はそばの長椅子でうとうとするだけだし、本当に、涙がこぼれるほど、至れりつくせりの看護なんですわ。だんだん親しくなって、あんまり詰めちゃ体こわしますよ、なんて、私たち言ってあげるんだけど、ありがとう、って淋《さび》しそうに微笑《ほほえ》んでるのが、とてもきれいなの。あんなきれいな、聖母マリアみたいな感じの人って、見たこともありませんわ。

でも、ここへ来てから十日間に、麗子さん、可哀想に、ずいぶんやつれましたわ。望みのない病人だから、看護に張り合いがないし、しかもそれが世界中で一番愛している人なんですものね。本当に同情するわ。私たちみんな麗子さんのファンになって、しっかりしっかりって、声援してますの。もっとも声援しても、治る病人じゃないんですけど、もしかして奇蹟《きせき》があったらね。

麗子さんがたまに廊下へ出て、窓のところで、じっと考え込んでる時なんか、うしろ姿を見ただけで、涙がこぼれちゃいますよ。私、そういうとき、一度あの人のうしろから、わざとおどけて、わッ、っておどかしてやったことがあるんです。ふりむいた麗子さんは、笑っていましたけれど、目には涙がにじんでいました。

ねえ、って私言ったんです。むごいようだけど、死んでいく人より、生きている人のほうが大切よ。あなた、もっと自分を大事にしなければ。

ええ、ありがとう、って麗子さんは答えて、それ以来、仲好しになったんです。

あの人の看護はあまり熱心すぎて、患者さんの家の人が見舞に来ても、まるで追い立てるようにするんですよ。患者さんの御両親は、何だか冷たそうな人ですから、そういう麗子さんをいいことにして、あんまり病人に寄りつかないんで、私たち憤慨しているんです』

汐見先生、これをきいたときの僕の愕《おどろ》きを察して下さい。僕には何が何やら全くわからなくなりました。ともかくここまで来た以上、現場を確かめてみなくては何もならないので、看護婦にたのんで、よそながら病室をのぞかせてもらうことにしました。丁度、面会謝絶の貼紙《はりがみ》をした病室のドアは薄目にあいていたので、その間から中をのぞくことができました。

窓のカーテンも閉めてうす暗くした病室の中に、枕《まくら》に落した黄疸《おうだん》の顔が、目をみひらいて天井《てんじょう》を見ていました。それは瘦《や》せて、へんに生《き》まじめな怖《おそ》ろしく乾いた顔で、麗子からいつもきいていた遊び好きな又従兄のイメージとは、まるでかけ離れていました。麗子は疲れ果てたのでしょう。ベッドの横の小椅子にかけ、ベッドの掛蒲団《かけぶとん》に顔を埋めて、うたた寝をしているらしいので、顔は見えませんでしたが、髪の感じ、肩の感じ、正に僕の知っている麗子その人でした。

僕はそこへ飛び出して行って、麗子の肩をゆすぶって、目をさましてやりたい誘惑と戦いました。この女はきっと何か悪夢を見ているにちがいない。この女の熱心な看護なんて、一種の夢遊病なのにちがいない。それとも僕の見ているものが一場の夢なのだろうか、と、僕は、あまりの信じられない事態に、へんな錯覚を起したくらいでした。

窓の粗末な金巾《カナキン》をとおしてくる灰いろの光、目をみひらいた黄土いろの病人の顔、白い掛蒲団へ顔を埋めた女の波打つ髪、……そのまま石化したように動かないその情景は、一つの聖画のように、犯しがたいものに見えました。僕はドアの隙間《すきま》から、おずおずと尻込《しりご》みをするほかはありませんでした。

それからですって？

それからは、看護婦にデートを申し込まれて、一晩、甲府の町で、つまらないダンス・ホールなんかを廻《まわ》って、呑《の》み歩いただけですよ。

汐見先生、一体僕はどうすればいいでしょう」

16

——麗子の手紙が来たのは、それからさらに十日たち、クリスマスも近づくころの或《あ》る朝であった。

この部厚い手紙を手にしたとき、私にはほとんどそれをひらいてみる感興も失《う》せていた。多忙にまぎれて、だんだん麗子に対する興味がうすれて行った。そのうすれた果てに届いた手紙だったのである。

しかし、読み出した私は、又たちまち、その意想外の内容に心を奪われてしまった。

手紙は次のとおりである。

………………。

「汐見先生。

私のこちらの様子は、もう江上さんから詳しくおききになったことと思います。こちらでは江上さんにはとうとう会いませんでしたが、あとで看護婦さんから、彼のおかしな探偵的行動と覗《のぞ》き見の一切をきいたのです。

許婚者は昨日とうとう亡《な》くなりました。

三十歳にもならないで癌で死ぬとは、本当に不運な人だと思います。

あんなに憎んでいた彼でしたけど、死病の床にあって、私に一目会いたいと言っているときくと、矢も楯《たて》もたまらなくなって飛んで来たことも、先生は御承知でしょう。きっと先生もお察しのように、私は隆一さんの完全な肉体的健康に、飽き飽きしていたのです。あの人のひろい肩幅、厚い胸、太い腕のすべてが、私の心の中の病気に対する非難のように感じられ、何もかも当てつけがましく、重苦しく思われました。私はたしかに病気や病人にあこがれていて、許婚者の死病の便りは、そんな私にとって、大へん時宜を得たものでした。私が先生の診療所が好きなのも、そこへ伺えば病気の匂《にお》いがしたからですわ。消毒薬の匂いほど、今の私を落ちつかせてくれる匂いはありません。

国へかえって、早速病院へ行ってみると、許婚者はもう明日をも知れぬ容態でした。腹水でふくれ上ったお腹を抱え、胸苦しさを訴えながら、意識はたしかで、腹水をとるための穿刺《せんし》がおそろしく痛いので、何度とっても又すぐたまるようなら、もうこのままにしてくれと言っていました。

病人のこの哀れな姿を見たとき、私の中に今まで在《あ》った黒い結晶のようなものが、一瞬にして水に融《と》けました。私はこれからこの人を許してやろう、死ぬまでそばに附《つき》添《そ》って、ゆっくりゆっくり許してやり、その許しの気持を自分もじっくり味わおう、と私はそのときすぐ思いました。

『麗ちゃん……』

と病人は痰《たん》のつまった声で言うと、目にいっぱいの喜びをたたえて、力のない手を私のほうへ伸ばしました。

何という手でしょう！　むかしは逞《たくま》しかった手が篠竹《しのだけ》のようになって、しかも黄味がかって煤《すす》けた色になり、手首の細さはおそろしいほどで、指ばかりが一本一本ひどく長く見えました。

『私が来たから、もう大丈夫よ。一生けんめい看病して治してあげるわ』

と私はたのもしげに言い放って、近寄ると、彼のさしのべた手を握りました。人間の手というよりは、死んだ鶏の肢《あし》を握るような感じがしました。でもその瞬間、私の体の中を、軽い戦慄《せんりつ》が横切り、その戦慄が不快なものでないことに、私はおどろいたのです。

その日から私の不眠不休の看病がはじまりました。

何年ぶりかで国にかえったのに、家にも寄りつかず、大きらいな筈《はず》の許婚者の病床に附添っている私を、父母は呆《あき》れて眺《なが》めていました。しかしもちろんそれを、私の良心の呵責《かしゃく》からの行動と解釈し、私が女らしい女になった兆候として喜んでいることがわかりました。

癌の末期の病人の放つ異臭も、私には何だかふしぎな神秘的な芳香のように感じられ、人のいやがるような仕事をもよろこんでする私に、又従兄はひたすら、

『すまないな、麗ちゃん、すまないな』

と涙さえ浮べて礼を言うのです。

『お礼は治ってからまとめて言って頂戴《ちょうだい》、いちいち小さいことにお礼を言ってもらっ

ちゃ、うるさいわ』

と私はわざと蓮《はす》っ葉《ぱ》に申しました。

一日一日、病人の目に、私が光りかがやく聖女のように映ってゆくのがわかりました。かつて私に暴力をふるったこの男が、今や立場が逆転して、何ごとも私の言いなりになる他《ほか》はないのが、私にはひどくいとしく思われました。今、この人を私の力で押えつけ、腕をへし折ってやることだって簡単に出来ると思うと、急に又従兄は、その乾いた黄いろい不気味な死相にもかかわらず、赤ん坊のような魅力のある存在に見えてきました。おかしなことに、私は今では彼が可愛くてたまらず、刻一刻彼に近づいてくる死を遠ざけるためなら、どんなことでもしてあげる気になっていました。彼の病気が絶望的であることを、私はもう本気で悲しんでいました。こんな若い人に対する運命の不公平を呪《のろ》い、できることなら自分が代って上げたいとさえ思いはじめていました。何ということでしょう。私は本当に聖女になりかけていたのです。

附添って三日目でしたが、丁度誰《だれ》も見舞客のいない病室で、彼が急に苦しげにあえいで、

『麗ちゃん、麗ちゃん』

と呼びました。何？　と私が顔をさし出すと、必ず彼の目には、やすらぎと、一種

敬虔《けいけん》な色が浮ぶのでした。

『苦しい……手を握っててくれ』

と彼は辛《かろ》うじて言いました。私はすぐ、その衰えはてた手をしっかり握ってやりました。手は私の掌《てのひら》のなかでかすかに慄《ふる》えていました。

そのときです、先生、どうしたことでしょう。突然、私は『音楽』をきいたのです。私の体の中に、あれほど憧《あこが》れていた音楽を。音楽はすぐには絶えず、泉のように溢《あふ》れて、私の乾き果てた内面を潤《うる》おしました。耳ではありません、私の体で……、先生、こんな信じられないことがあるのでしょうか、……私の体で、私はえもいわれぬ幸福感を以《もっ》て、あの『音楽』をきいたのです」

17

麗子のこの手紙は、折角冷えかけていた私の興味を又そそり立てて、ふたたび私の心を、麗子というこの一患者のとりこにしてしまった。

何としても私をイライラさせたのは、彼女があれほどあこがれていた「音楽」を、何ら私と関係のない、私の予想もしなかった状況において、勝手に聴《き》いてしまったことである。医者の指示した薬が利《き》かず、たとえば路《みち》ばたのタンポポの葉っぱか何かを煎《せん》じて飲んで、それで病気がケロリと治ってしまった患者がいたとして、その患者に医師が特に打込んでいたとしたら、そのとき医師がどんな気持になるものか、おおかた察してもらえるであろう。

私にとっての小さな自尊心の満足は、麗子の分析歴の中の、「いとうべき許婚者」「無理強《じ》いに純潔を奪った者」としての又従兄の青年に、照明を当ててみようという直感を、事前に持ったことぐらいであるが、これだってその時は、正直雲をつかむような話で、又従兄が瀕死《ひんし》の病人だなどということは予想もせず、又、まさか麗子がそんな状況で突然「音楽」を聴こうなどとは、思ってもみなかった。いわばもうちょっとのところで勝利を獲《え》ると思った私が、今や、完全な敗北を喫したのである。

しかし、右はすべて麗子の手紙が真実を語っているという前提に立っているので、それが嘘だったら問題は別である。今までにも何度私は彼女の嘘に苦しめられて来たことであろうか。なにぶん離れた甲府の病院の一室で、彼女だけの感じたものが、ここにいて確かめられるわけもなく、一応彼女の言を本当とみとめた上で前へ進むほかはない。いや、嘘だろうが、本当だろうが、はっきりした事実として残るのは、彼女がわざわざ手紙を書いて「私はついに音楽を聴いた」ということを私に告げて来たという、その事実、その心事なのである。

精神分析は言うまでもなく真実に到達する手続であるが、その過程においては、嘘《うそ》もまことも、同等の資格で採用しなければならぬこともある。第一、嘘つきの常習犯ほど却《かえ》って、自分の喋《しゃべ》っていることが嘘か本当か知らないのではあるまいか？そうは云うものの、私にとって、すべてが隔靴掻痒《かっかそうよう》の感を免《まぬ》かれないのは正直なところである。私が相手にしているのは患者の精神の筈《はず》なのであるが、遠隔地から届いたこの手紙ほど、麗子の肉体を身近に感じさせたものはなかった。不感を訴えているあいだの彼女は、いかに美人だろうと、こんぐらかった精神の毛糸玉にすぎないけれど、今、瀕死の病人の黄いろく萎《な》えた手を握って、雨後の若木のように、よろこびの水に潤《うるお》うてかがやいている麗子は、痛切な肉体的印象を私に与えた。目にも見えず、手にも触れられぬものばかりを扱うこの分析医という職業にも、はっきりした、この目で見た確証をつかみたい気持は潜在している。実は私は、半ば良心的、半ば非良心的な期待と云えようが、この次の診療日こそ、分析治療中に彼女が私の目の前で突然生の泉を甦《よみがえ》らせるところを目撃できるのではないかと夢みていたのである。

精神という、終極的に実証不可能な世界に疲れ果てて、こんな肉体的実証を得たいと望む瞬間は、私ならずとも、大抵の分析医に訪れる瞬間だと私は信ずる。それはあるいは魔の囁《ささや》きかもしれない。私はしらずしらずのうちに、彼女の肉体の確証を得たいと思って焦慮を重ねて来た江上隆一の気持を、ひとごとならず感じはじめていたのである。

『しかし』と、私は気楽に独言することもあった。『たとえ本当に治ったとしても、永つづきはすまい。又ダメになって俺《おれ》のところへころがり込んでくるのがオチさ』

――たとえ同棲《どうせい》はしていなくても、永年、夫婦同様に暮している明美には、こういう私の物思いはすぐ通じた。彼女はふだんあまり有能な看護婦とは云えないが、私に対してだけは一流中の一流の分析医なのである。

又あの女のことを考えているんでしょう、などと口に出すことはさすがにしないが、明美の目づかい、明美の一挙一動がすべてそう語っている。そうして半ば私を怖れ、半ば憐《あわ》れんでいるのである。

明美が今度の麗子の手紙を見せてくれとねだるので、別に隠し立てにも及ばぬことであるから、読ませてやったが、読みおわったときの明美の複雑な表情は、ちょっとした見ものであった。一等先に彼女の口をついて出そうになった言葉は、「又ウソ言ってるわ」という言葉だったことは疑いがない。しかしその言葉を、明美はあわてて嚥《の》み込んだ。これをウソだと思えば、麗子のあの冷たい優雅な不感症をみとめること

になり、これを本当だと思ったほうが、彼女にはトクであって、

「何だ。つまらない。やっぱり彼女もふつうの女ね」

と明美は言ったのだった。

「何がふつうの女だ。異常な状況じゃないか」

と私は、うるさい議論を呼び起すことを知りながら、つい反撥《はんぱつ》した。

「へえ、面白い考えね。この患者《クランケ》の場合は不感症を治すのが目的で、うちの診療所へ来たんでしょう。その不感症が、ここで治ろうが、銀座の町角で治ろうが、どこかの安ホテルのベッドで治ろうが、それとも弾丸がとび交う戦場で突然治ろうが、こっちの知ったことじゃないでしょう。状況がどう異常だろうと、ふつうの女はふつうの女じゃないの。何もあのクランケだけ特別扱いにすることはないんだわ」

この論理はいかにも女の論理で、メチャクチャというも愚かだが、こういう時の女の攻撃は、攻撃方法自体はどうでもよいのである。明美は私が「何がふつうの女だ。異常な状況じゃないか」と思わず口走ったとき、そこに科学者の抗議をみとめず、麗子に対して私の抱いている一種独特のイメージが明美の言葉によって崩《くず》されるのを咄《とっ》嗟《さ》に防禦《ぼうぎょ》した、その個人的抗議だけをみとめたわけであった。それなら明美の反論も、いくら個人的であってもよいわけで、グイグイと私の弱点に突き刺さるようなことを

言えばよいわけである。一瞬の直感から、女が攻撃態勢をとるときには、男の論理なんかほとんど役に立たないと言っていい。

「よしよし、わかったよ」

「わかったよ、だなんて逃げるの卑怯《ひきょう》だわ。分析はあくまで客観的で公平でなければ、っていつも言ってたのは誰？　もし公平になれる自信がなければ、はじめに私が忠告したように、あんなクランケは寄せつけなければよかったんだわ」

ここまで言われると、私はこの永年の協力者を解雇したほうがいいのではないか、という気がしてきた。そんな考えははじめて芽生えた考えであったが、これまで、私の独身生活を理解を以て支えてくれるこの女に、私は内心どんなに感謝していたか知れないのである。

しかし事志《こと》と反して、その晩私は、しばらく遠ざかっていた明美と、行きつけのホテルへ泊る仕儀になった。一歩このホテルに入って、一室に通されると、とたんに明美は彼女のいわゆる「おままごと」をはじめる。人目を憚《はばか》る心配もなく小まめに私の世話を焼き、上着を脱げばハンガーに掛けてくれる、煙草《たばこ》をくわえればすぐ火をつけてくれる、風呂の湯加減も見てくれる、至れりつくせりの家庭的な女になるのである。

こういう場合に家庭的な女になり切る女が、いざ実際に家庭に入ると、ふんぞり返った怠け者に変貌《へんぼう》する例は数多い。

明美にしても、ホテルで二人になったとき、私の「男」に訴えるには、もっと変幻只《ただ》ならぬ新鮮な女になったほうがトクなことは承知している。承知していながら、彼女のなかの「おままごと」をしたい欲求も満足させなければならないのである。それでいて彼女もまた「本当に結婚する」ことはイヤなのである。

こういう馴《な》れ合いみたいな関係もずいぶん久しいものだが、愛撫《あいぶ》をはじめるやいなや、明美の胸の鼓動が正直に高くなって、簡単きわまる機械みたいに、たちまち息が迫ってくるのが、さっきの意地悪な口論と思い合せて、私には、うとましいよりも、むしろいじらしく感じられた。

明美は私の名を呼び、いかに私を愛しているか、とくりかえした。体は次第に熱してきて、その動きには痙攣《けいれん》性の不規則な動きが加わり、いつも私は、いかにヒステリーの諸症状に、性的昂奮《こうふん》の模写が多いかに感嘆するのであった。ヒステリーとは、多分、こうした健全な性的昂奮の身体的状況を、純粋培養しようと試みる復讐《ふくしゅう》的な企てなのである。もっとも「快」を通じてではなく、すべて「不快」を通じて。

大ていい興味を失った女にしても、喜びがつのるにつれて、今までそこはかとなく湛《たた》えていた微笑が、やがて烈《はげ》しい厳粛な表情に移り変る瞬間は、ともかくも、男にとって有難い瞬間であるが、今夜、ホテルの仄《ほの》ぐらいスタンドのあかりの下で、その明美の恍惚《こうこつ》を精《くわ》しく眺めていた私は、突然そこに、似ても似つかぬ麗子の顔を見出した。麗子の恍惚とした顔を一度として眺めたことのない私としては、どんな想像を描くのも自由な筈であるが、それにしても明美の顔の上にそれを見るとは！

あとでこれを考えて、私が戦慄を禁じえないのは、それが果して、私の幻覚にとどまるものか、あるいは、明美の無意識の力が総動員されて、そのとき、恍惚に陥った麗子の顔を表現してみせたのではないかという疑問である。性的昂奮とヒステリーとの類似を、あまり推し進めてはいけないが、宗教的ヒステリー患者における手足の聖痕《スティグマ》の発現が、ヒステリー性症候群のうちの、限局部的水泡《すいほう》形成や、皮下組織の毛細管出血から説明されないでもないように、明美の肉体は無意識のうちに、麗子の顔を完全に演じていたのかもしれないのである。

それは、いわば聖テレジアに似た聖らかな顔つきで、髪のうしろには円光を負い、目は軽く閉じ、顔をのけぞらせ、大へん美しい唇は薄目にあき、形のよい鼻翼をひくひくさせ、……微笑とも苦痛ともつかぬものが漂って、その手はしっかと、瀕死の病人の、おそろしく痩せた黄いろい萎えた手を握っていた。

麗子はそこで疑いもなく聖女になっていた。日常の嘘もまことも、小さな煩《わずら》いも、恋人とのごたごたも、何もかも超越してしまっていた。その光る雲の漂う天上の領域にいて、正《まさ》しく彼女は、「音楽」を聴いていたのである。

18

又従兄は間もなく死に、麗子は悲嘆に暮れて葬式に列《つら》なった。

ところでこんな癒《い》やしようのない悲嘆に明け暮れするうちに、彼女は自分の両親も、親戚も、誰一人彼女の嘆きを理解する者のないことを、当然のことながら、はっきり悟らねばならなかった。

見当外れの慰め。とんちんかんな同情の眼差《まなざし》。……こういうものに耐えることが、彼女の悲しみを倍加させて、身の置き場をなくさせてしまった。

「だから言わないこっちゃない」と父親は、愚痴と思いながら口に出した。「娘がイヤだイヤだなどと言っても、そんな無智な判断は、どこで引っくりかえるかわからないんだ。このごろは民主主義の世の中で、何でも子供の意志を尊重することになってるが、いくら成人式をやったって、二十代はまだ人生や人間に対して盲《めく》らなのさ。大人がしっかりした判断で決めてやったほうが、結局当人の倖《しあわ》せになるんだ。むかしは、お婿《むこ》さんの顔も知らずに嫁入りした娘が一杯いるのに、それで結構愛し合って幸福にやって行けたもんだ。今は女のほうから何だかんだと難癖をつけて、親のほうもそれに同調し、結局それで娘の幸福をとりにがしてしまう。

私が最後まで、麗子の婚約破棄を承知しなかったのは、麗子がいつか目のさめる日を待っていたわけだが、それがこんな悲しい成行で、目がさめたとはね。こんなことなら、どうしてもっと早く、麗子を強引に東京から連れ戻して、一緒にしてやれなかったかと悔むばかりさ。

しかし今更言っても返らぬことだから、ここは、麗子があれだけ熱意をこめて、最後まで看取《みと》ってやったということで、当人も満足して成仏したろう、と思うほかないわな。麗子の罪も、これで少しは償われたというものだろう」

一方、親戚には、別な慰め方をする者もあって、

「麗ちゃん、あなたの気持はわかりすぎるほどわかるわ。俊ちゃんも悪かったのよ。本当にあなたを愛しているなら、是が非でも東京へ行ってあなたを連れ戻して来るだけの情熱を示すべきだったと思うわ。あの人はそれだけグズで引込思案で、あなたが心であの人を憎からず思っていながら、わざと離れていた女心がわからなかったのね。不治の大病になってから、その病気の力で、やっとあなたを引戻すことができたなんて、哀れだと思うのよ。でも死ぬ間際《まぎわ》だけ、愛し合う同士が見栄も意地も捨てて、一

緒にいられただけでも幸福だと思わなくちゃ」

もちろん父親は、こうなったら麗子を、そのまま郷里に引きとどめておきたい意向だったが、彼女のあまりに烈しい悲嘆を見ては、又もとの甘い父親に戻ってしまって、ずるずると麗子の好むがままに引きずられることになった。

大体彼女は、許婚者が死んだ以上、一年くらい喪に服して、山の中にでも引きこもりたい気持でいたのに、みんながそっとしておいてくれず、その慰めの見当外れがますます麗子の心を傷つけ、一刻も早く郷里を離れたい気持になったのも尤《もっと》もである。そして、みんなの反対を押し切って、麗子が甲府市を脱出したとき、まず第一に訪ねたのは、恋人の江上のところではなく、私の診療所であった。

春めいた一日、なおビルの無神経な煖房《だんぼう》が止められず、あまり暑すぎる室内は患者の精神的緊張を高めることになるので、私はたびたび窓をあけさせたが、あければあけるで、車の騒音は容赦なく入ってくる、風は吹き込んできてテーブルのデコラに白い埃《ほこり》を積む、という具合で、何かとイライラする季節であった。

客の合間に、私が待合室へ出て、窓をあけ、その騒音と埃に対抗したようにわざと顔をさらして、窓下の雑沓《ざっとう》を眺めていたとき、向いの映画館の看板を見ている一人の女が目についた。手には婦人用の空いろの旅行鞄《かばん》と共いろのコートを提げているが、洋服は黒ずくめである。人を待っているのかと思われたが、そうではない。こちらのビルをちらりと眺めては、また映画の看板に目を上げる。それも興味を以て眺めているのではなくて、第一その看板は殺風景な戦争物の、戦車が驀進《ばくしん》してきて、塹壕《ざんごう》の兵士たちが逃げまどっていると云った、女の子の気に入りそうもない荒っぽい広告画なのである。

やがて彼女が、こちらのビルへ来ようとして、自分と戦っている姿だとわかったとき、四階の窓から、はじめて私は麗子の姿を識別した。しかし彼女がここへ来ようと逡巡《しゅんじゅん》しているなら、私の診療所の窓を特別注視するのが当然である。窓には格別の標識もないが、その映画館を直《じか》に眺め下ろす位置に、待合室の窓があることぐらいは、彼女もよく承知している筈なのであるが、麗子は一度も私の窓へ目をあげず、手を振って麗子に合図しようとした私の試みも崩れた。

思うに、麗子は診療所の窓を見上げるのが怖かったのである。このひろい東京の中で、この一つの窓こそ、彼女の秘密の苗床みたいなものであった。彼女はその秘密が春の日ざしの中に、窓ガラスをとおして（彼女がいない間にも）、あたかも温室の中の花のように、思いもかけぬ大輪の花になって育っているのを想像するのが怖かったのであろう。

ようやく決心がついたと見えて、彼女が車道を横切り、こちらのビルへ入って来てから、診療所のドアをノックするまで、待つ身の私には、数時間もたったかのように、時間の経過がおそく感じられた。

入ってきた麗子を、私は平然と迎えることができたのを喜んだが、彼女がすっかり白粉気《おしろいけ》を失《な》くし、大そう痩《や》せて、口紅もつけない蒼《あお》ざめた素顔でいることにおどろいた。服も、ジルコンか何かのアクセサリーこそつけているが、首まで詰った長袖《ながそで》の、黒一色の喪服みたいなもので、麗子はその白っぽい虚脱したような顔から、それだけが生々しく悩ましい、潤《うる》んだ大きな目で私を見た。彼女は完璧《かんぺき》な「喪の女」であり、「悲しみの女」であった。身も蓋《ふた》もないことを言えば、一度自分のきいた「音楽」に操を立て、その忘れがたい快楽に忠実を誓うために、彼女はこんな「聖女」の扮装《ふんそう》をしていたのである。

服装も一種の症候行為である。内心の欲求を隠し、かつ表現する。私はこの白粉気のない顔、この喪服に、彼女のよろこびをしか見なかった。

「きょうは、治療はよしましょう」と私は言った。「あなたの今の状態はよくわかりますし、友人としてゆっくりお話を伺いましょう。しかしここには静かな場所とてないし、分析室へ入っていただく他《ほか》はないんだが」

「ええ、ぜひあそこで」と麗子は言った。「あのお部屋へ来たくて、東京へ出てきて、まっすぐここへ伺ったようなものですから」

彼女が「先生にお目にかかりたくて」と言わなかったのは、遠慮であるか、一種の意地悪さであるか、そのへんははっきりしないが、分析室という言葉をきいたときに、お菓子を与えられる子供みたいに、彼女の目もとに喜びの色が現われたのは私を力づけた。

そのとき明美が白い看護服の姿を現わして、ニコリともしないで、

「おや、しばらくですね。お休み中の診察料を払っていらして下さい」

と言った。

「あとでいいじゃないか」

「いいえ、診察料を必ず払っていただくのが治療の一部なんですから」

と彼女は頑強《がんきょう》に言って金を取り立てたが、私はするがままにさせておいた。金をとれば、明美はいくらか気がすむらしかった。

——分析室に入って椅子にかけると、麗子は何の飾りもない室内を見渡して、

「ここはいつも平和だわ。こんなに気分の落ちつくところはありませんわ」

と深い吐息と共に言った。

「暑すぎやしませんか。窓をあけましょうか?」

「いいえ、いいんです、このままのほうが」

彼女はらくらくと身を伸ばした。するとふしぎなことに、麗子の不在のときの肉体的印象は失《う》せ、私の前に在るものは、再び一つのいらいらした神経の束、もつれた精神の毛糸玉にすぎなくなった。

「その後のことは手紙でよくわかりました。手紙に書けなかったことはありますか?」

「書いても書かなくても、先生にはみんなお見透しだと思いますから、同じことなんですけれど、あんな妙な気持で毎日をすごしていたら、又病気があらわれそうな気がして……」

「何か病気の兆候があるのですか?」

「いいえ、何も」と彼女はカラリとした声で答えた。「俊ちゃんの病床に附添ってから今まで、私こんなに健康だったことは、なかったような気がしますの」

「それはよかったですね」

と私はあいまいに合槌を打った。

「でもね、先生、私にとっては、喪の毎日がひどく変な気持だったのです。その理由はわかっていただけると思いますけど、私はあれほど真剣に俊ちゃんの看病をし、何とか治してあげたいと心から念じ、亡《な》くなったときは身も世もあらぬ嘆きに沈んだくせに、心の片方では、毎日毎日の充実した幸福を、自分でもどうしてよいかわからないほどでした。あの人が決して助からないということは、わかりきっていましたし、私の気持がすべてそこから出発していたことも、言うまでもありません。その安心感の上で、必死に看病をし、祈り、悲しんだこともたしかです。

あの人が亡くなったとき、私が呆然《ぼうぜん》としたのは、これで自分の短い間の幸福感ともお別れだということを痛切に感じたからでした。そこまで行くと、私のエゴイスティックな感情と、愛する人間に死に別れるときの純粋な悲しみとは、全然見わけのつかないものになりました。私はいつのまにか、あんなに嫌《きら》っていた俊ちゃんと、自分のわけのわからない幸福感とを、一体のものにしてしまっていたからです。

一等言いにくいことを申上げますわ。

あの人が死んで、親戚《しんせき》縁者が病室に集まり、あの人の手に顔をすりつけて私が泣き崩《くず》れていたとき、私は気が遠くなりそうなほど快い気持だったので、どうしても引き離されるのがイヤでした。あの人の死顔は骸骨《がいこつ》同様で、どう見ても美しい死顔ではありませんでしたが、私はその快い気持のまま、一緒に柩《ひつぎ》へ入れてもらいたいような気がしたのです。

私はいたるところに『音楽』をきいていました。それは天にも地にも充《み》ちあふれ、私の体の内にも外にもやわらかに漂っていました。私の求めていた音楽は、もしかすると葬送曲だったのかもしれませんわね。私は本当に罪の深い怖《おそ》ろしい女だと思います」

「あんまり自分の良心を責め、自分の美しい気持をも醜悪に解釈するのは病的なことですよ」と私は言った。「あなたは今まで、あまりに自分の気持にこだわりすぎていたのに、今度のことですっかり自分を忘れて、献身的に奉仕する気持になれたために、体も心も自由になって、女らしいみずみずしさが溢《あふ》れて来たのだ、と考えてはどうですか。精神分析は何も、簡単に解釈のつくことを、わざわざ複雑化するのが目的ではないのです。こう思えば、許婚者《いいなずけ》を悼《いた》むあなたの気持もごく自然なもので、それを妙に罪深いことに感じる必要はないのです」

「よく言って下さいました」と麗子は神妙に言った。「それを伺うと、私も何だかそんな気もしてきます」

「だからその気持を楽に素直に持ちつづければいいんです。そうすれば、きっと何もかも巧《うま》く行くようになりますよ」

「先生、それは不可能ですわ」と今度は急に昂然《こうぜん》として反対した。「では、私があの気持を保ってゆくためには、又誰《だれ》かが死んでくれなければならないのでしょうか。又誰かが治るあてのない病気にかかって、苦しまなければならないのでしょうか。私、自分のよろこびのために次々と人を犠牲にしてゆく怖ろしい不吉な女としか、自分を思えないんです」

「そりゃ違う。第一、あなたのために犠牲にする、なんて、事実と相違しているじゃありませんか。たまたま許婚者が死病にかかった、それをあなたが、たのまれもしないのに、看病に出かけただけじゃありませんか」

「ですから……ですから、私、禿鷹《はげたか》なんです。死の匂《にお》いを嗅《か》ぎつけていそいそと飛んでゆく鴉《からす》なんです」

真黒な服に身を包み、紅一つつけない麗子は、そう言えば、鴉を思わせるものがあった。

「そんな風に物事をドラマチックに考えることはありませんよ」

「いいえ、私、今度のことでわかったんです。物事をうんと追いつめて、つきつめて、ドラマチックにしてしまわなければ、私という女には、音楽がきこえて来ないんだって」

「それなら、何とでもお考えなさい。私も本当のことを言うと、許婚者の看護を喜ぶあなたの気持には、明らかに復讐《ふくしゅう》が隠れていたと思っていますが、動機はどうあっても、あらわれた行為が美しければそれでいいのです。世間の美談の何割か、慈善的行為の何割かには、性的な原因があると考えていいでしょうが、それだからと言って、それでその行為の値打ちが下るとは言えません」

「まあ、先生って皮肉屋ね」と麗子ははじめて、疲れたような微笑をうかべた。「でも、今、私何だか怖いんです。とても怖いんです。どうしてだか……」

「何が怖いんです」

と私はやさしく彼女の目を見た。そのとき、久々に彼女の頬《ほお》に、一瞬ちらとチックが走った。

この小さな稲妻《いなずま》のような痙攣《けいれん》は、私には見えない奇怪な小鳥のように思われる。この小鳥が彼女につきまとって離れず、やっとしばらくどこかへ飛去っていたのに、又元の巣に姿をあらわし、翼の一閃《いっせん》と共に、再び彼女の病んだ心に、その温かい暗いねぐらにもぐり込んだのである。

医師としてはまことに不都合な心理であるが、治療の失敗を示すこの兆候が、私の心に落胆よりも、一種の勝利の喜びに似たものを与えたことは否定できない。遠いところへ永久に去ってしまったように思われた麗子が、又私の懐《ふとこ》ろへ戻《もど》ってきた、それが何よりのしるしだったからである。

しかしこのチックは麗子自身には気づかれないらしかった。

「怖いのは……ねえ、先生、このままで行くと、私はきっと、あんな異常な状況、死んでゆく病人を看取《みと》るという状況でしか『音楽』をきくことのできない女になって行きそうなんです。ですから、私、自分のために、人を滅ぼして行きそうな気がするんです。隆一さんをあんな目に会わせるようになったら、私、今度こそ悔んでも悔みきれない。自分が浅間しくて、きっと自殺してしまうだろうと思いますわ」

「冗談じゃない。若い人がそう片っぱしから癌《がん》にかかってたまるもんですか。隆一君はあのとおり元気な大男だし、殺したって死にやしませんよ」

「でもわかりませんわ。私、まだあれから隆一さんに会っていません。向うも怒っていると思いますけど、仕方がないんです。あの人に会ったら……、あの人に会ったら、もしかすると又、私、……あの人の死を願いそうな気がして怖いんです」

「そんなばかなことが……」

「先生、この分析室では、『ばかなこと』などということはありません。どんなことでも起るんですわ。私、あの人をとても愛しているから、尚更《なおさら》、今はあの人に会えないような気がするんです。この人が死病にかかってほしい、というような気持で、恋人に会いに行く女がいるでしょうか。私どうしてもイヤです。どうしてもイヤです。あの人のためにもイヤです」

麗子は言ううちに激してきて、白い頰には涙が伝い、あわてて手巾《ハンケチ》を出して拭《ぬぐ》った。

「愛するがあまり、会えないというんですね」

彼女は黙ってうなずいた。

「それでは、どうしようというんです。このままお国へ帰りますか？」

彼女は子供らしく、柔らかい細い首を左右へ振った。

「じゃ、東京で一人で暮しますか？」

「いいえ」

「それじゃあ……」

「今は、先生、許婚者の思い出が薄れるまで、一人でそっとしているのが一番いいと思うんですけれど、それも何だか怖いんです。夜なんか、許婚者の死顔が闇《やみ》の中に現われて手招きするようで、私、誘われそうになるのが怖いんですの。それにこんなゴミゴミした東京で暮しているより、家族や親戚と絶縁したところへ旅に出たいと思っていますの」

「そりゃいいでしょう。しかし本当はこんな場合だけに、信頼できるお友達とでも旅行するといいんだが」

「そんな人はいませんわ」

麗子はじっとうつむいて考えていた。やがてさえざえとした目をあげると、意外なことを申し出た。

「ねえ、先生、私と一緒に旅行にいらっしゃる気はありません？」

19

一体どんなつもりで、麗子が私を旅行に誘ったのか、咄嗟《とっさ》にその心事ははかりかねたが、私の心は一瞬よろこびに慄《ふる》えた。

しかし男の私が「音楽」をきいてしまっては話にならない。私は目にもとまらぬ早さで職業的冷静さを取戻したが、この一瞬は私の灰色の職業の曠野《こうや》につかのま現われた雨後の虹《にじ》のようなものであった。たとえ彼女の言葉のすべてが嘘《うそ》であっても、私は自分の人間としてのこういう喜びをも大切にしなければならない。

「そりゃ理想的な方法でしょう」と私は多少おどけて言った。「今のあなたにとって、医者附添《つきそい》で旅行に出かけることは」

「あら、そんな意味で申上げたんじゃありませんわ」

「じゃ、『信頼できるお友達』と一緒というわけですか」

と言ってしまってから、私は今日は分析治療をやっていないとはいえ、われながらいやみな個人的態度だと思った。

「何とお思いになっても御自由ですわ。ただ何となくお誘いしてみただけ。御無理なら構いませんの」

これはずいぶん冷静な客観的な口調で言われたので、私もいきおい事務的な口調に戻《もど》らざるをえなかった。

「いや、私も行きたいのは山々ですが、何しろこの忙しさじゃね。私が一日でもここを明けると、全機能が停止してしまうんですから」

「残念だわ、先生」

「それはそうと、かりにもあなたは私の患者なんですから、出発の日時と、行先と、旅館の名と、帰京予定なんかは、きかせて下さらないと困ります。この前みたいに突然姿を消されちゃ迷惑しますからね」

「今度は大丈夫ですわ。先生が一緒にいらっしゃらないなら、このまま鞄《かばん》を持って、東京駅から電車に乗ってもいいんです。行くところはもう決めているんです」

彼女は空いろのコートのポケットから小さなハンドバッグを出し、その中から更に小さな蟇口《がまぐち》を出した。このこみ入った動作を私は興味を以《もっ》て観察し、その小さな蟇口から、さらに小さな蟇口が出、それからさらに小さな蟇口が出るところを想像した。私はたまたまフロイトの象徴を用いていたと言えるであろう。

その結果出てきたのは二枚の切符で、一枚は乗車券、一枚は座席指定の準急券であった。十二時五十二分発で、あと五十分あまりで発《た》つ電車なのだ。

「甲府の旅行社でとってもらいましたの」

と彼女は註釈《ちゅうしゃく》をつけた。

私はわれにもあらず怒りにかられた。心の中で、一人の男としての私は、『だましやがったな』とカッとした気持と共に、今のこのみじめさを糊塗《こと》するには、医師としての職業的仮面しかないと感じていた。

伊豆南端のS市へゆく直通の準急は、日に一、二本しかない筈《はず》で、おいそれと手に入る切符ではない。それだからこそ麗子も、早くから郷里の旅行社で、切符を手に入れて来たのに相違なく、もともとS市へ保養にゆくのが郷里を出たときから決った旅程であって、今朝新宿へ着いてあまった時間をつぶすために、私を訪ねる気になったのであろう。よし私を訪ねることが、この旅の一つの大事な用件であったにしても、

私の顔を見て、

「ねえ、先生、私と一緒に旅行にいらっしゃる気はありません？」

と、いかにも今思いついた旅のように、意味ありげに私を誘ったのは、単なる気まぐれというよりも、私をからかって反応を見てやろうという魂胆としか思えなかった。もし私が承諾しても、同じ電車の切符が買える筈もなく、もし私が別の土地を夢みたところで、行先はもうちゃんと決っているのである。大方ホテルの予約もとってあるのだろう、と想像した通り、麗子は平然として、

「ホテルはS観光ホテル、滞在は四、五日の予定。これでいいでしょう」

と附加えた。私が出発の日時、行先、ホテル名などを教えろ、と言い、むこうがその通り答えたのであるから、患者としては何も不都合なことはないわけだ。

この巧みに仕組まれたいつもながらの小さな欺瞞《ぎまん》は、再び私にこの厄介《やっかい》な患者に対する特殊な「感情」を与えてしまった。

「そうですか。それじゃ気をつけて行っていらっしゃい。そんなことがないように祈りますが、何か神経的な不安を感じたら、いつでも遠慮なく、電話をかけて下さい。今のあなたは、とにかく、いい空気といい景色の中でゆっくり体と心を休めるのが、一番いいことだと思いますよ」

と私は通り一ぺんの別れの挨拶《あいさつ》を言い、

「ありがとうございます」

と彼女も神妙に頭を下げた。

20

麗子が出て行ったとき、私はすぐそのあとを追って行きたい衝動を感じたが、明美のことを考えるとそれもできなかった。私はそのとき自分が明美に縛られているという実感を痛切に感じた。いつも明美を便利な女として半ば利用しているというのが、実は自分こそ、(自由の錯覚の下に)、明美によってがんじがらめにされているのを。


案の定、麗子が去ると同時に、明美はすぐ出て来て、口汚なく罵《ののし》った。

「どうしたの。あの患者さん、旅行鞄なんか粋《いき》がってブラ下げて」

「一人で静養に行くんだって挨拶に来たんだよ」

「一人ですって？ 冗談じゃないわ。きっと男が駅で待ってるのよ。それが黒ん坊のGIか何かなんで、先生に見せたくなかったんでしょ」

この言葉が私の心に何かを点火した。目の前のドアから麗子が去ったとき、跡を追おうとした私の気持の中に、こうした疑惑がひそんでいたことを、明美の言葉はあばいた。こんな際の明美はまるで私の潜在意識の声であるかのようで、私が気がつくより早く、私の心の秘密に気がつくのだ。

そのとき窓ごしに正午のサイレンが鳴りひびいた。

「さあ、お昼休みだわ。どこかへ食事に行きましょうか」

週に数回、私は明美とそのビルの地下の、中華料理店や一品料理のレストランや寿司屋で簡単な食事をしたが、私が調べ物をしたいときには何か軽いものを取寄せて、ここですませたり、明美が助手の児玉君を連れて出かけたり、あるいは私一人がぶらぶら食事に出かけたり、臨機応変にすることにしていた。私はこの好機をのがさなかった。つとめて仏頂面をしながら、

「いや、いいよ。今日は一人で食事に出かけるから」

と私は言った。明美がいや味を言ったあとでは、孤独を固執する私のこの態度は自然であった。

——ビルを出ると、四階の窓から私の行方を見守る目をおそれて、私はビルの裏側をまわり、タクシーを探した。自分の行動の浅間しさと、科学者としての探究欲とが、こんがらかって見分けがつかなくなっていた。尤《もっと》もすでに、こんな行動を、患者の研

究という偽善的な口実でおおいつくすことはできなくなっていたけれど。私の感情は嫉妬《しっと》と怒りとで煮え立っていたと言えば簡単だが、むしろそこには敗北感のほうが色濃く、自分のみじめさを更にわが目で確かめようとする、被虐《ひぎゃく》的な衝動が動いていたと言ったほうが、正直であろう。

東京駅八重洲口で車を乗り捨てたとき、時刻はまだ十二時半であった。万一麗子が本当に一人で旅立つのだとすれば、何か手軽な餞別《せんべつ》を用意しておけば口実がつくので、私は駅の売店のなかに本屋を見つけ、最近分析学の友人が出した、

『女性と精神分析』

というポケット版の、かなり通俗的な解説書を買った。これは最近出た分析学の解説書のなかでは（漫画の挿絵《さしえ》だけがどうにも不真面目《ふまじめ》でいただけないが）、わかりやすい説明で新しい学説をも巧みに紹介していて、推賞に値いする本である。

私の頭の中には列車の四号車という番号と、Ａ９という座席番号がはっきり刻み込まれていた。駅で待ち合わせて一緒にS市へ旅立つ男は、どんな男だろうか？　隆一青年なら私に隠し立てする必要もあるまいから、新しい男に決っているが、それはどんな男だろうか？　又従兄《またいとこ》の死後いくばくも経《た》ぬうちに、彼女が人目のうるさい地方の小都市で得た新しい恋人は、どんな職業の、どんな年輩の男であろうか？　……

又ひるがえって考えれば、彼女のミスティフィケーションは、隆一青年との旅をわざと私に隠して、物事をことさらに複雑に見せかけただけのことで、行ってみれば、彼女のそばに鎮座しているのは、変りばえのしない隆一青年にすぎないのではなかろうか？

あれこれと考えながら、私は入場券を買い、人ごみの中を改札口へ向って歩きだした。もし私の知らぬ男が彼女の隣席にすまして坐《すわ》っていたら、私は何と言うべきだろう。どんな態度をとるべきだろう。私の理性については十分に自信があるが、ニヤニヤした皮肉な微笑だけで、結局彼をゆるして、見送る他《ほか》はない自分を考えると、われながらイヤな気がした。

私は改札口をとおると、S市行直通の準急の出るホームへのぼって行った。すでに電車は着いており、発車前十分のこととて、大方の席は詰っていた。四号車へ乗り込み、A9という座席を探していると、

「あら、先生」

と花やいだ声がした。その席に麗子はすでに坐っていた。彼女の隣席には、中年の眼鏡をかけた女が無関心に坐っており、彼女はまぎれもなく一人旅だった！　そのとき、声をかけられてふりむいた私の微笑の裡《うち》に、異常な歓《よろこ》びの色のひらめくのを彼女

も見たにちがいない。

「いや、近くまで昼飯を喰いに来たんでね。急に思いついて、見送りに来たんですよ。はい、これを」と本を手渡す私の手は、みっともない話だが多少ふるえていた。「電車の中で、勉強のために読んどいて下さい」

「あら？　宿題？」

と麗子は愛らしく肩をすくめたが、そこには女学生のような無邪気さがあって、日頃私の想像している複雑難解な麗子像は、ひょっとすると私の空想裡《り》の産物ではないかとさえ思われるのであった。

発車までの数分間を私はさりげない雑談にすごしながら、心はなおも疑ぐり深く、同じ車内に、麗子と座席を異にして同行する男がいはしないか、とひそかに見廻《みまわ》していた。これは考えてみれば理不尽な疑惑で、私が見送りに来ることを考えに入れなければ、麗子にはこの東京で、そんなに人目を憚《はばか》る必要は毫《ごう》もないのである。どの席もアベックや家族連ればかりで、それらしい男の姿は見られなかった。

「ベルが鳴りましたら、間もなく発車いたしますから、お見送りのお客様は、いそいでお降り下さい」

と車内放送がアナウンスしていたそのベルがいよいよ鳴った。

「どうも有難うございました。こんなに親切にしていただいて」

と麗子は折目正しい挨拶をした。

「じゃ気をつけてね。手紙で書くことがあったら、書いて送って下さい」

と私は言った。これをよほど現代離れのした薄野呂男《うすのろ》の、口説き文句とでも思ったものだろう、眼鏡のおばさんがジロリと目をあげて私を見た。

私はホームへ降りた。電車は動きだした。麗子の微笑の白い顔は、そのお化粧をしないうつろな感じが、丁度窓硝子《まどガラス》に貼りつけたレエスのハンケチのような面影になって、私の視界を離れた。

21

——さすがの私も(多分麗子の一人旅をつきとめて一応の安心をしたせいもあろうが)、まだ疑えば限りもないことながら、ようやく冷静を取戻《とりもど》し、一時ちょっとすぎに診療所へ飛んでかえると、一時の約束の患者に待たした詫《わ》びを言ってから、何らの障害なく分析治療にとりかかった。

この患者はよくある赤面恐怖で、もう大方治癒《ちゆ》に向っていたので、気も楽だった。

それから何日間か、私は麗子のことが心にかかりながら忙しくすごし、医者がわざわざホテルへ電話をかけるという不体裁も演じないですんだ。一週間たって、私が漸《ようや》くジリジリしだした頃である。麗子の部厚い速達の手紙が届いた。……そしてそれは思いもかけぬ新局面について語っていた。

…………。

「汐見先生。

どこまで私の我儘《わがまま》をゆるして下さるか、いずれ私は先生から見捨てられるのではないかと、ときどきすごい恐怖にかられるのですが、せめてこうして手紙で事細かに自分の気持の推移と、自分の責任でなく起った事件とを報告させていただくことに、私の忠実さを読み取っていただく他はありません。

S観光ホテルの最初の一日、私は久々で何ものにも煩《わずら》わされない孤独をたのしみ、先生の下さった御本も読み、生意気に、これからは、今までとちがって多少自己分析の勝った手紙を差上げられるのではないか、と考えてみたりしました。

このホテルは伊豆半島の南端の海に面した崖《がけ》の上にあり、その景色の美しさはちょっと珍しい位です。春の西風がかなり強いのが難点ですが、湾と深い入江と、湾内の程よいところにある岩に打寄せる白波と、沖をゆき交う船を、部屋の窓から眺《なが》めているだけでも倦《あ》きないくらいです。ここへ来たとたんに、自分の現金さがわれながら可《お》笑《か》しいほど、食慾《しょくよく》も進み、家族連れの多いお客が、アメリカ製の娯楽器具や、スロット・マシーンや、ジューク・ボックスに、つぎつぎと小銭を入れて興じているさわがしい娯楽室にも、そんなに異和感なしに入っていくことができました。ただ見渡すかぎり、女一人のお客は私一人らしいことが、気がさすといえば気がさしました。ただ夕刻ちょっとロビーで見かけたのですが、黒いスウェーターを着た一人ぼっちの陰気な青年がいて（青年といってもまだ二十そこそこですが）、どうやらその人も一人旅らしいのでしたが、その後は姿を見かけませんでした。

あくる日、私は朝食のあと、ホテルの庭へ散歩に出ました。庭は南西にひらけていて、南のほうへ長い石段を下りていくと、途中の勾配《こうばい》に石垣苺《いしがきいちご》を栽培していて、ビニールのおおいの下に、もう熟した赤い実が点々と見えます。それを見ただけで、苺のさわやかな酸味が口の中に移って来るように感じられるほど、私の体はさわやかでした。

先生、私がこんな肉体的健康を死んだあの人にすまないと感じる寡婦《かふ》らしい気持になっていたからとて、私を責める人がいるでしょうか？　青い輝やかしい空を見ても、そこに大きな喪章のイメージが浮んでくるくらい、あの人の死に憑《つ》かれていながら、へんに気分がさわやかなこの状態、これこそ幸福というのではないかと私は考えました。隆一さんがあんなにヤキモキして追い求めていた性的歓喜、私があんなに焦躁《しょうそう》して聴《き》きたがっていた音楽も、一度それをきいたあとでは、却《かえ》ってこんな何も要《い》らない浄福が訪れるとすれば、歓喜自体ははじめから虚《むな》しい無意味なものとも思われるくらいです。でもとにかく、私はあれほど憎んでいた又従兄に、今は感謝の気持を抱いていました。それはどんな男にも私のかつて持ったことのない感情でした。ああ、御免なさい。汐見先生を除いてはね！

石段を下りきったところに、まだ西風の肌寒い陽気なのに、満々ときれいな水をたたえたプールがあります。夏ではあるまいし、プールのほうへ下りて行けば、一人きりでいられるだろうと思ったのは、私の目算ちがいで、プールのまわりは、大へんな賑《にぎ》やかさでした。新婚夫婦が写真を撮《と》り合う。家族連れが子供の写真を撮る。又その子供が、ちっともじっとしていないで、プールのまわりを駈《か》け廻る。中に、子供づれの二組の若い夫婦がいて、旦那《だんな》様同士が何か真剣な顔つきで相談しているようにみえたのは、コンクリートの地面でダイスを振っているのでした。そのうち一方が、

『畜生！　負けた』

と言ったと思うと、するすると洋服を脱ぎ、その下にはちゃんと海水パンツを穿《は》いていて、思い切りよく冷たいプールへ飛び込んでしまったのには呆《あき》れました。まわり

の人は飛沫《ひまつ》を避けて、笑いながら飛び退《の》き、私は私で、こんな単純な人たちは永遠に精神分析などに縁がないことだろうとふと羨《うらや》ましく思いました。そして一方、私の心には、子供づれでこんなところへ来て幸福そうに騒いでいるその二組の夫婦への、云いようのない軽蔑《けいべつ》の気持も兆《きざ》していました。

私はそんな人たちを避けて、プールの外れの枝《し》折戸《おりど》から、海のほうへ下りる道へ出ました。道と言っても、危なっかしい九十九《つづら》折《おり》の岨道《そばみち》で、梅雨のころだったら滑って足を踏みはずしそうな斜面が、草木のあいだに見えがくれにつづいているのでした。幸いあとについて来る人もないので、私は孤独をたのしむためには海のほうまで下りてゆけばよいのだと思い、半ばほど下りたときに、海のほうを眺めました。

そこは西のほうへ深く切り込んだ入江で、西風が波を押し返し、入江深く打ち寄せようとする波の丹念な努力を崩《くず》していました。午前の日光が入江いちめんにまぶしくかがやいていました。

そのとき海へ突き出した大きな岩の突端に、黒い海鵜《うみう》みたいな鳥がとまっているのを私は見ました。かなり大きな鳥で、まっ黒で、なかなか飛び立たないので、気味のわるい感じがしましたが、やがてそれは私の目が海のまぶしい光りにあざむかれていたからで、紛れもない人間のうずくまった姿だということに気づきました。そう思ってみれば、それはたしかに人間でした。黒いズボンに黒いスウェーター、ワイシャツの白い襟《えり》の一線だけが首を取り巻いている。……思い出したのは、昨夕ロビーで見た一人旅の青年で、もうその人にちがいないとわかりました。すると私は、何だか自分の心の姿をそこに見るような心地がして、そこまで下りてゆく気がしなくなり、あわてて引返し、プールのあいかわらずのざわめきをすり抜けて、ホテルの部屋へかえって来てしまいました。

その一日、どうしても岩の突端にうずくまった青年の姿は私の心を離れませんでした。あんなところで、一人で、物思わしげに海に見入っている人が、決して幸福なわけはありません。それに遠目にもわかるのですが、岩の突端は滑りやすい不安定な形をしていて、危険な場所に相違なく、その危険をわざと冒させるようなものが、あの人の心にはひそんでいるにちがいないのです。

それが何であるか、私の心はすっかりその疑問にとらわれて、きのうの平和はどこかへ消え去ってしまいました。どうしてあんな未知の人間の心が、こちらの心に暗い影を投げかけるのかわかりませんでしたが、岩頭にうずくまった黒いスウェーター姿は、追っても追っても、不吉な鳥のように、又そこにうずくまっているのでした。

その日一ぱい、どういうわけか、同じホテルにいながら、私はその人の姿を見かけませんでした。私はだんだん不安に閉ざされ、フロントにきいてみようかと思いましたが、フロントに他の宿泊客の素性をきくのも気がひけますし、又案外、彼はテレビの脚本家か何かの職業で、あんなところで想を練っていたのかもしれません。それにしては若すぎますが、天才肌の人ならそれもふしぎはありません。

私はそう思うことにして安心したつもりでしたが、いよいよ床につくと目が冴《さ》えて来ました。とうとうその晩は睡眠薬の御厄介《ごやっかい》になりました。ここへ睡眠薬を持って来たことを半ば喜び、半ばそれが必要になった事態を呪《のろ》いながら。

俊ちゃんの死以来、私は人の不幸に対する嗅覚《きゅうかく》が、人一倍鋭くなっているのではないかと疑いました。自分にたまたま幸福感が生れると、すぐそれを自分で壊したくなるのではないか。それを壊すようなものを、いそいで探し当てるのではないか。夢の中にはあの親しみのあるいやらしい鋏《はさみ》が又あらわれました。鋏は私の喜びをずたずたに切り裂き、私の聖女の衣を縦横に切って、私を裸にしようとしていました。私は必死にこの鋏の攻撃から身を守り、悲鳴をあげたところで目を覚ましたのです」

22

麗子の手紙はあまりに長く、あまりに微に入り細をうがっているので、私がその後半を要約して紹介したほうがよいと思う。

明くる日、麗子は再び海のほうへ下りてゆこうとして、再び岩頭の黒い海鵜の姿、あの黒いスウェーターの青年の姿に妨げられた。しかし彼女は今度は勇を鼓して、自ら青年へ近づいてゆくのである。

ここにわれわれは彼女の新しい行動基準を見出《みいだ》すことができる。それは看護の本能である。これは彼女を義務的な気持で、むしろ倫理的に行動しているという口実を与えながら、目的へ向って促すのに役立っている。彼女は自ら言うとおり、死と病気に異常に敏感になっていたのである。

この青年が自殺の願望を隠していたことはいうまでもあるまい。彼女と青年とは、岩頭で次のような会話を交わしている。

「ここまで登るのは本当に怖かったわ。よくそんなところで海を見ていられるのね」

「ほうっておいて下さい」

「きのうもお見かけしたわ」

「そっとしといてくれたらいいんです」

「何だか気になるんですもの」

「………」

「ホテルに泊っていらっしゃるのね」

「ええ」

「いつまで？」

「さあ……、いつまでだかわかりません」

「私もよ」

「………」

「あなた、失礼ですけど、自殺しようと思っていらっしゃるんじゃない」

こんな失礼な質問をズバリと言えるのも、いかにも麗子式であるが、それに答える青年も、白けた微笑を含んだまま、少しもおどろいていない。

「そうですよ。それがどうしたんです」

「私には何だかわかるのよ。でも別に止めに来たわけじゃないわ」

「あなたの世話にはなりませんよ」

こうした途切れ途切れの会話のあとで、麗子は理由もなく晴朗な気持になって岩を下りるが、それまで冷淡に見送っていた青年は、急に彼女を追って来て、こう言った。

「ホテルの連中に喋《しゃべ》ったりしないで下さい。うるさいことになりますから。それに僕《ぼく》が自殺するなんて言ったのは、あなたの好奇心を満足させてあげただけで、大した意味はない冗談なんです。ね、みんなに言わないって約束してくれますね」

このときはじめて麗子は、青年の顔をまじまじと眺めることができた。色白で整った顔立ちをしており、目なども澄んでいるが、どこか生気というものに欠けている。それはもちろん自殺しようとするほどの精神的憂悶《ゆうもん》が生気を失わせているのであろうが、根本的に植物的なところが、肌の感じにも顔つきにも漂っている。とにかく、危険のない生物という感じは、最初から麗子の直感に訴えたので、あれだけ大胆に近づいても行けたのである。

この時から麗子の仮借なき訊問《じんもん》がはじまる。ホテルへかえってから、午後も夜も、彼女は少しずつ、他事に事寄せて、彼の自殺の動機を探ろうとするのであるが、彼はなかなか言を左右にして打明けない。この訊問は今では麗子の人生のもっとも重要な仕事になり、果てしのないあいまいな質疑応答は二人のゲームになって、青年もまた、それをたのしみだしたように見えた。

そしてついに三日目の晩、青年が自分の部屋へ麗子を招いて、したたかに酒に酔った末、こんなことを言い出すのである。

「僕には大体、あなたがそんなに僕に興味を持つ理由がわかっているんだ。あなたは一種のノイローゼかヒステリーだろ。僕も一種のノイローゼかもしれない。要するに話のぴったり合う相手がほしかったんだろ。多分あなたも自殺未遂で」

「冗談じゃないわ。私は自殺未遂どころか、自殺したいと思ったこともないわ」

「まあ、言いたくなかったら、言わなくてもいいさ。僕は自分の恥を打明けて死ぬのはたまらなくイヤだけど、あなたにだけは何だか打明けられそうな気がするんだ。僕は怪物なんだよ。人並の人間じゃないんだ」

「あら、そんな大人しそうな顔をして？」

「まぜっ返さないでくれよ」

それから青年は、お得意の文学的修辞で、自分のことを、「氷柱だ」とか、「マンモスの化石の一片だ」とか、「自意識だけ備わった透明な機械的怪物だ」とか、「人類の最後の男だ」とか、さまざまな比喩《ひゆ》を用いて説明したが、もちろんそれでわかるわけもなかった。

「あなたが人類最後の男なら、私だって人類最後の女だわ」

とうとう麗子も笑い出して言った。

こういうホテルに何日も泊っているだけあって、青年は金持の息子らしく、持っている時計も高級な時計であるし、泊っている部屋も麗子のより広かった。

麗子は自分のほうからもう一押し、無躾《ぶしつけ》な最後の質問をしようかとも考えたが、我慢して青年の告白を待った。その夜おそく、さんざんたわごとを言った末に、彼は、自分が不能者であって、そのために自殺しようとしてここへ来たのだ、と告白すると、激しく泣き出して、ベッドに顔を伏せた。

……………。

ここまで読み進んだとき、私は実は、言おうようない不快な感じを受けた。手紙全体の、はじめのほうをロマンチックに、後半をコミカルに仕立ててある、その工《たく》みもさることながら、不感性の女と不能者の男とが会うこのような偶然の出会が、あまり人を喰《く》っていることに腹を立てたのである。

これはおそらく一人旅の彼女が描いた幻想にちがいない。又嘘《うそ》をついて私を欺《だま》そうという悪戯心《いたずらごころ》自体に、大した悪意がないと仮定しても、女性の不感や男性の不能に対するこの謂《いわ》れない戯画化と侮蔑《ぶべつ》は、実に不快な、悪趣味なものに感じられた。彼女は人間をおもちゃにしている。そしてもし、右のような起りそうもない事柄《ことがら》が実際に起ったのだとしたら、自分の不感を楯《たて》に青年の不能をあばき立てようとする彼女の執拗《しつよう》な訊問には、人間に対する或《あ》るきわめて不真面目《ふまじめ》な態度があらわれている。ついこの間までの聖女はどこへ行ってしまったのか。

右の物語のうちに、もし真実の要素があるとすれば、それは彼女が最初にプールサイドから岨道を下りて、眼下の海辺の岩頭に、鵜のような人影を見た、正にその瞬間である。彼女は最初、自分自身の喪《も》の幻を見たと思ったかもしれない。次の瞬間、彼女は余人の企てて及ばぬ直観の力で、その黒い鵜の人影が不能者であるのを見抜いたにちがいないのである。

あとの話はみんなばかげた茶番であり、青年の乱酔の告白は、ありそうもない状況である。こんな立場の青年は、酔えば酔うほど頭は冴えて、真実の告白から無限に遠のいて行くにちがいない。

しかし、彼女の直観だけは信用する私は、この長い手紙の中で、右の一カ所だけを、ひょっとすると本当に起った情景ではないかと考える。それは偶然というよりは必然の出会である。海風と、幸福な人たちの笑いさざめく声と、ふくらむ波のみどりとの中で、ただ一つたしかなことは、不幸が不幸を見分け、欠如が欠如を嗅ぎ分けるということである。いや、いつもそのようにして、人間同士は出会うのだ。

23

私の心にはしらずしらず、麗子の嘘に対する根強い警戒心が生れていて、主治医として当然出すべき返事も怠って、そのままにしておいた。一つには、麗子によってこれ以上自分の精神生活を攪乱《かくらん》されることを怖《おそ》れる気持もあったからである。

一方、江上隆一からも連絡がなく、麗子ケースが私の念頭から払われるには、折柄陽春のうららかな日もつづき、好適な条件が揃っていた。私は、今までついぞそんなことを考えたためしがないのに、ここらで心身の保養のため、明美を連れて温泉旅行にでも行こうかなどと思っていた。

そうこうしているうちに、奇怪な匿名《とくめい》の手紙が私の診療所へ舞い込んだ。

「精神分析学は、日本の伝統的文化を破壊するものである。欲求不満《フラストレーション》などという陰性な仮定は、素朴なよき日本人の精神生活を冒瀆《ぼうとく》するものである。人の心に立入りすぎることを、日本文化のつつましさは忌避して来たのに、すべての人の行動に性的原因を探し出して、それによって抑圧を解放してやるなどという不潔で下品な教理は、西洋のもっとも堕落した下賤《げせん》な頭から生れた思想である。特にお前は、ユダヤ的思想のとりことなった軽薄な御用学者で、高く清い人間性に汚らしい卵を生みつける銀蝿《ぎんばえ》のごとき男だ。くたばってしまえ！」

これを読んだ明美は慄《ふる》え上り、てっきり右翼の脅迫状と決めてかかり、早速警察へ電話をかけようとしたが、

「よしたまえ。第一、これには何の具体的な脅迫の文句もないじゃないか。分裂症患

者の手紙にしては筋が通りすぎているし、簡潔だし、きっとうちがはやっているんで、同業のねたみで、こんなことを書いてよこしたのかもしれないよ。第一、こんな抽象的な手紙を脅迫状だなどと言って警察へ持ち込んだら、警察に笑われるのがオチだよ」

と私はたしなめた。明美は却《かえ》って、ふだんは気づかずにいた私の男性的なたのもしさを、それによって認めたような塩梅《あんばい》だったが、私は私で、心の中では、これが右翼の脅迫状だったらいい、と思う気持もないではなかった。

もしそうだったら、第一に、私の仕事が政治的イデオロギーによってはじめて批判されたという微妙な虚栄心のくすぐりを与えてくれたことになり、第二に、日本ファシズムのアメリカ的成長を予見させる面白い資料になるからである。

ナチに追われてアメリカに移住した社会学者ローウェンタールは、その著『欺瞞《ぎまん》の予言者』の中で、アメリカの右翼の精神分析学攻撃に触れている。ローウェンタールはこう言っている。

「自由主義的な啓蒙《けいもう》に関するすべてのシンボルが彼（煽動者《せんどうしゃ》）の攻撃目標になる。心理学、殊《こと》に精神分析学がひっぱり出され、こっぴどくやっつけられる」

何故ならそれは「素朴なアメリカ人」の確信を動揺させるからである。もしアメリカに於けるように、日本に於ても、反動勢力が攻撃目標としてとりあげてくれるようになれば、それだけ精神分析学が社会的重要性をみとめられたということになろう。ところが私の白日夢は一向に実を結ばず、それは明らかに、右翼の脅迫状でないことが日を追ってわかって来た。というのは、この一通を皮切りに、それから連日、多いときは日に二通の、同じ筆跡の奇怪な手紙あるいは葉書が舞い込むようになったからである。

「個人生活の破壊者よ。個人的秘密の寄食者よ。死してその罪を詫《わ》びよ」

という激越なものもあれば、

「あなたのそのいやらしい仕事を一日も早くやめて下さい。あなたは自分の手で人類の尊厳を傷つけていることに気付かないのですか」

という説得調のもあり、又、

「君は人の大切な秘密を喰《く》いものにすることは屁《へ》とも思わない。僕は君のおかげで死を選ぶことを余儀なくされた」

というバカに弱気なのもあれば、葉書にただ漫画が書いてあるだけのもある。汐見という名札を首輪につけたグロテスクなブルドッグみたいな怪物が、かよわい人間を両手で口にくわえて喰《た》べているゴヤ風なその漫画などは、筆者の奥床しい教養を感じさせるのであった。

日を経《ふ》るごとに私はその千変万化がたのしみになり、分裂症患者にしてはいかにも辻褄《つじつま》が合いすぎているその文面が、結局一つの怒りの源から出、一つの隠された目的を持っていることに気づくようになった。私は、大した探偵的才能がなくても、その筆者について一つの確信を抱きはじめていた。

そのうちに手紙は面会を求めるようになり、それからは打って変って素直な文面になった。その裏に隠されたものが何であるかわからぬが、私の手を要せずに、筆者の怒りは徐々に癒《い》やされてゆくように見え、そればかりか、半ば得意気な、自慢を語りたくて友に呼びかけるような調子さえ現われてきた。私はこの変調を訝《いぶ》かりながら、もうそろそろ匿名の筆者が姿を現わす頃だな、と考えはじめていた。

手紙は以前の無礼を詫び、自分は会っても決して危険のない人物であるのみならず、以前からの先生への尊敬心があああいう逆な形をとらせたのであって、決して個人的な迷惑をかけるような人間でないことは、会ってみればわかるから、と自己弁護に字数を費すばかりで、話の核心には少しも触れていなかった。ついで、面会時間と面会場所を勝手に指定して来たが、もちろん私は行かなかった。すると、待ちぼうけの愚痴《ぐち》を言ってよこし、もしや先生が私を見まちがえたのではないかと思うから、とて、一葉の写真を同封してきた。それを見て、私はみごとに予測の当った満足以上のものは感じなかった。それは「色白で整った顔立ちをしており、目なども澄んでいるが、どこか生気というものに欠けている」青年の、黒いスウェーターを着たまぎれもない肖像だった。——私は今度はこちらから面会時間を指定して、初診料及び診察料を支払うつもりなら、喜んで診療所で面談しようと返事を書いた。青年はきっとそれを払ってでも、来るだろう。私は麗子の手紙で、青年が高級な腕時計をしているという一行を、忘れてはいなかったのである。

24

青年の神経症は日を追うて増大しており、このごろでは一見健康そうな青年も、気軽に診療所を訪れるようになった。どうも私の見るところでは、昔の神経衰弱という言葉から連想される青白きインテリ型よりも、外見からは想像もつかない健康なスポーツマン型の神経症患者がふえて来たようである。「健全なる精神は健全なる肉体に宿る」という諺《ことわざ》が、実は誤訳であって、原典のローマ詩人ユウェナーリスの句は、「健全なる肉体には健全なる精神よ宿れかし」という願望の意を秘めたものであることは、まことに意味が深いと言わねばならない。

同じ神経症でも、肉体苦を伴うヒステリーは女性のもので、男性の強迫神経症(compulsive neurosis)は観念苦を主症状とするが、こんなに誰《だれ》もが本を読まない世の中で、わけても本を読むことのきらいな青年たちが、神経症のおかげではじめて観念苦に悩まされるのは、いかにも皮肉な事態というべきである。彼らの神経症の原因はフロイトを俟《ま》つまでもなく性的なものに決っており、男性の性慾《せいよく》はもともと観念的なものであるから、昇華に失敗した観念的性慾が、その青臭い観念性を露骨に発揮して、かれらの観念苦の核となるのであろう。性の解放が完全に成し遂げられたように思われているこの時代、又、外国とちがって宗教的抑圧も存在しない現代日本に住みながら、現代の平均的な青年の頭の中には、まだまだ各種の性的抑圧が巣喰っていることは、私にとっても面白い発見であった。

さて、約束の日の約束の時間に診療所へあらわれた「黒いスウェーター」の青年は、右に述べたような最近の傾向と比べると、はるかに古典的な「神経衰弱」のタイプに属していた。なるほど目は澄んで、顔も象牙《ぞうげ》を彫ったような繊細な色白の美貌《びぼう》、ちょっと「長安の貴公子」と言った感じがするほどだが、惜しむらくはどことなしに生気がない。それも、麗子の手紙の先入主のおかげかとも思われたが、今日は彼の孤独を象徴する黒いスウェーターを着てはいず、仕立のよい淡色のスーツで、その着こなしからも、よほどの金持の息子だということが想像されるのであった。

　彼が時間ぴったりに来たということが、しかし、幾分か私の心証をよくしていた。初診料を明美が請求すると、事もなげに払い、そして私に従って、分析室へ入った。

「この部屋は」と彼は、何もない分析室の壁を不安げに見廻《みまわ》しながら言った。「弓川麗子がいつも来ていた部屋ですか」

　質問は私にとって少しも意外ではなかった。

「いや、ちがいます。うちには同じような分析室が三つありましてね。弓川さんの診療に使っていたのは、隣の部屋です。……同じ部屋じゃないほうがいいと思いましてね」

「それはどういう意味ですか」

「大した意味はありませんね」

「のっけからこれだから、イヤだなァ。心理学者は」

と青年は言ったが、明らかに私を怒らせる目的で言われたこの生意気な言葉が、存外効果を発揮しないのを見ると、不安そうに押し黙ってしまった。私は私で、「花井」というその名が、いかにもこの青年にピッタリだと感心していた。

思うに花井は、この仄暗《ほのぐら》い密室の中で私に何をされるかを怖《おそ》れていた。そこに被害妄想《もうそう》の兆候を探ることは容易であるが、初診の患者の不安をあまり過大視してはならないのである。

しばらく待って、私が何も言わないのにジリジリして来た花井は、急にこちらを向いてこう言った。

「先生、スタンダールの『アルマンス』を読みましたか？」

恥かしながら、私には文学的教養が不足している。スタンダールで知っているのは「赤と黒」と「パルムの僧院」ぐらいで、「アルマンス」という小説はきいたこともないのである。

「いや、読んでいません」

「内容については御存知でしょう」

「いや……何も」

「知らないふりをなさってるんじゃないですか」

「いや、私の自慢できる美点はね、決して知ったかぶりはしないということなんです」

「じゃ、本当に知らないんですね」

「ええ」

「不勉強だなァ」と花井は薄い脣《くちびる》を歪《ゆが》めて笑った。「折角あの主人公のオクターヴが、ラストで自殺するのは、正当かどうかについて、先生の意見を伺いたかったのに」

のちに私は「アルマンス」を読み、その主人公オクターヴが不能者であって、結末で英雄的な自殺を遂げる物語を知ったが、それを知っていれば、花井の暗示からすらすらと心の中へ入って行けたわけで、精神分析学者には文学に関する豊富な知識も必要だということが痛感されるのである。

花井をもし患者と仮定すれば、彼は分析治療に対してもっとも非協力的な、はじめから身に鎧《よろい》をまとって医師に反抗してくる患者の典型と言えたであろう。彼はその点で最初のころの麗子と似ていたが、麗子よりもずっと攻撃的であった。私が黙っているので、彼は喰ってかかって来た。その論鋒《ろんぽう》の鋭さは、彼の肉体的な無能力が、すべて知的能力に凝縮されているかのようであった。

「じゃ、先生、伺いますが、『治す』とはどういうことなんですか。精神分析の力で患者の抑圧を取除き『治癒させる』とは、どういうことなんですか？　それは社会的適応を取戻《とりもど》すということだと考えていいんですね」

「まあ、そうでしょう」

「アメリカで精神分析がはやっている理由がよくわかりますね。それはつまり、多様で豊富な人間性を限局して、迷える羊を一匹一匹連れ戻して、劃一主義《コンフォーミズム》の檻《おり》の中へ入れてやるための、俗人の欲求におもねった流行なんですね。精神分析のおかげで『治った』人間は、日曜ごとに教会へ行くようになるでしょうし、向う三軒両隣りの退屈なカクテル・パーティーへ大人しく顔を出すようになり、女房のお使いにスーパー・マーケットへ喜んで行くようになるでしょう。そして通りかかる知人に肩を叩かれて、明るい微笑で、

『よかったね、治って。今は君はわれわれの本当の仲間だ』

と言われるようになるんですね。僕はひょっとすると、アメリカの精神分析学者は、政府から金をもらってるんじゃないかと思うことがあります。人間は、どんなバカでも『お前を盲《めく》らにしてやるぞ』と言われれば反撥《はんぱつ》する程度の自尊心はあるから、テレビのコマーシャルをきらうけれど、『お前の目をさまさせてやる』と言われて不安にならぬほどの自尊心は持たないから、精神分析を歓迎するわけですね」

「ずいぶんシニカルですな」

と私は呆《あき》れて言った。

「ええ。ですから僕は、先生に治してもらおうなんてさらさら思いませんよ。診察料は喜んで払いますけどね」

「何のために」

「こっちの話をきいてもらうためです」

「何の話を」

「御存知の弓川麗子の話ですよ」

「ですから、あなたに関して、何の話かときいてるんです。問題の重点は？」

と私はわざとそしらぬ顔で追求した。

花井は、例の寝椅子にもなる椅子の背を立てたまま、しばらくじっと壁を見つめていたが、乾ききった唇を感じさせる発音で、少し不自然な調子で、ぽつりとこう言った。

「案の定、ずいぶん意地悪ですね」

「いや、意地悪ということはありません」

「どうしても僕の口から言わせたいんですね。まあ、いいでしょう。恥は麗子が、全部先生に喋《しゃべ》ってしまったことはわかっているんだから。……僕は……不能なんです」

と咽喉《のど》にものの詰ったような声で、花井はようよう言った。

25

花井がその日私の分析室で話して行ったことは、要するに、麗子の手紙が嘘ではないことを裏附ける物語であった。

例のとおり、冗々《くどくど》しい細部は省いて、要点のみを紹介することにしよう。

……花井にしてみれば、執拗《しつよう》に迫ってくる麗子の態度に、ただの恋愛めいた興味とはいえぬ暗い影のひそんでいることに夙《と》うから気づいていた。しかし乱酔の晩に、とうとう泣きながら辛《つら》い告白をしたときまでは、あまりに自分の問題にかまけすぎていた彼は、麗子のその執拗さが何に由来するものか見抜けなかった。

ベッドに泣き崩《くず》れていた彼の髪を、麗子がやさしく撫《な》でているのを花井は感じた。

花井は自分が死を決めていたその時点が、今やはっきり目の前に迫っているように感じた。これは、考えてみれば矛盾した話で、自分の恥かしい秘密を人に知られぬままに葬ろうとして、自殺を考えだした筈《はず》であるのに、とうとう縁もゆかりもない女に打明けたことによって、却って安心して死ねるような気がした。その「不能」という言葉を口に出したことは、花井にとってたしかに革命的な出来事だったが、同じ知られるにしても、肉体の生理として知られるよりは、よほど屈辱が少なかった。言葉は何も証明しはしないからである。そして、今死ねば、彼の死には神秘が残り、しかも少くとも一人の女にだけは、自分の観念上の苦しみを知ってもらえたことになる。

髪を撫でる女の手を感じながら、彼はどうしても、数時間後に迫る夜明けまでに、ぜひ死んでしまわなければならぬと思った。そのための薬は持っていたし、何とか麗子の目を盗んでそれを嚥《の》んでやれ、という愉《たの》しみも加わった。

麗子の手の動きが、はたと止《や》んだ。花井は彼女が思いもかけぬことを囁《ささや》くのをきいた。

「安心しなさい。私もそうなのよ」

「え？」

咄嗟《とっさ》にその言葉の意味をつかめなかった花井は、麗子が何かひどい冗談を言っているのだと考えた。

麗子はそれからゆっくりと冷静な口調で、自分の今までの悩みを訴え、汐見先生のところへ通っているが、決して治らないと語った。そういう自分であるから、海辺の岩の上の鵜《う》のような彼の姿を見たとき、すぐさま自分と同じ不幸をその姿の中に透視したのだ、と言った。

麗子によれば、そんな肉体の不幸は、見る人の目には、硝子《ガラス》のコップの底に沈んでいる一顆《か》の真珠のように、はっきりと見透かされるものだそうだ。

「あなたの体の中には黒真珠が一粒、私の体の中には白い真珠が一粒」

と麗子は歌うように言った。花井はこんな女の存在にふしぎな啓示を受け、不幸を自分の矜《ほこ》りにまでしてしまった強い性格に感動し、彼女の話をきくうちに、死ぬことがだんだん莫迦《ばか》らしくなってきた。

……ここで又物語は、意外な変化を辿《たど》るのであるが、麗子は自分の体験を語り終ると、看護婦のような態度でさっさと立上り、明日の再会を約して、おやすみなさいと言って部屋を出て行ってしまうのである。突然取り残された彼の心には、もう自殺の気持などは跡形もなくなっていた。すると彼には別の疑惑が生れ、今しがたの麗子の告白は、自殺を思い止まらせるための嘘《うそ》ではなかったかと思われてきた。それならそれで、そんな麗子への面当てのために自殺してやろうという新らしいアイディアが生れたが、それはもう急ぐ必要はなく、明日もう一度ゆっくりと麗子に会って、その心事を確かめてからでもよかった。

26

あくる日の中食のとき、ホテルの食堂で麗子と顔を合せた花井は、テーブルを共にしたが、忽《たちま》ち麗子の口から衝撃的なことを聞かされた。

「さっき汐見先生に手紙を出しといたわ。午前中かかって書いた長い長い手紙。字なんかクシャクシャだけど、先生は私の手紙なら読み馴《な》れてるから平気だわ」

「どんな手紙？」

「あなたのこと全部書いて送ったの」

「え？」

と花井は怒りを感じる前に、しばし呆然《ぼうぜん》とした。死にもの狂いの告白が、一夜明けると、忽ち見も知らない医師のところへ報告され、彼の秘密は、もう秘密ではなくなってしまったのである。それと共に、彼はこんな思いやりのない処置のおかげで、自分の死の機会が永久に奪われてしまったように感じ、むしろそのことで怒りを感じた。

「一体何故そんなことをした」

「私の義務だから」

「義務って？」

「私の身に起ったことは一切報告しなければいけないの」

「人の事もか」

「もちろんだわ。私と関係がある限り、人のことも」

「何の関係があるんだ」

「黒い真珠と白い真珠」

と麗子はスパニッシュ・オムレツを上手に喰《た》べながら、朗らかに言った。

麗子は肩から白いカーディガンを羽織り、食堂の人たちの目をそばだたせるような美しさで、花井はもし昨夜の彼女の話が嘘でないとすれば、自分たちはふしぎな造花の一対だと考えた。そして食後の散歩をしようという麗子の申し出を断わって、すぐさま私あてに、最初の右翼的な脅迫状を書いたのである。

二人の友愛とも同志愛ともつかぬ関係は、花井のはじめて見出《みいだ》した安息感と、まだくすぶりつづける屈辱感との交代するままに、ふしぎな迂路《うろ》を辿って進む。ホテルの夜は、二人きりで部屋にとじこもって暮す。そして花井の、自分の肉体に自信を喪《うしな》った物語を麗子がせがむ。花井がもう、何も隠すもののない率直さでその話をはじめると、麗子の目が突然かがやき出して、又灯を消したように暗み、ややあって又かがやき出すのを花井は感じた。

――二人は二日後に揃《そろ》って東京へかえったが、それまでは戯れの接吻《せっぷん》のほかには何の関係もなく、花井は何か鬱積《うっせき》した心持を、私への匿名《とくめい》の手紙で紛らしていた。彼が私の住所を知ったのは、麗子からではなかった。麗子と知り合う前から、新聞広告ですでに診療所の名と住所を心に留めていたのである。してみれば、彼は遅かれ早かれ、この分析室を訪れることになる人間だった。

二人が揃って東京へかえったとき、そのまま二人は東京のホテルに一室をとって泊ることになった。

花井は麴町《こうじまち》近辺の或《あ》るスキャンダラスなホテルを選んだ。それは一応一流の下ぐらいに位するホテルでありながら、いろんな噂《うわさ》の絶えないホテルで、芸能人がお忍びで女を連れ込んだり、又、デートの相手にすっぽかされた外人がロビーへ下りてゆけば、そこですぐ新らしい相手がつかまえられる、などと言われていた。花井が虚勢だけで生きてきた学生仲間の世界で、このホテルは、遊び人の名声を得るために必要な場所と考えられており、花井は自分の欠陥に苦しみながら、ほかのどこよりもそのホテルへ女を連れ込みたいという不可能な夢を心に抱いていたが、その夢が今不自然な形で果たされることになったのだ。

ここらで花井の家庭について語っておかねばならぬが、父親は或る薬品会社の社長で、息子を一切放任主義に育て、幸い勉強が出来て進学で親を悩ませたことがないところから、何日家をあけようと意に介しない風だった。母親は又、慈善事業と生け花に凝っていていて、ほとんど家にいず、息子の心の悲劇などには気づかなかった。

花井と麗子のホテルでの同棲《どうせい》がこの日からはじまったが、花井が三日に一ぺんほど家へ帰って、適当にごまかしていた。さてその同棲生活の内容であるが、私はここでも、麗子の異常な実験的意欲におどろかされた。

基本的には、彼女のとった態度は、死んだ又従兄《またいとこ》に対すると同様の、看護婦の態度であった。たしかに彼女は絶対の不感を装っていた。そこに私は、麗子の「不感への決意」ともいうべきふしぎな精神的姿勢を見出すのであるが、どうしてもその不感が、彼女自らが選んだもののように思われるのは、実は最初からの私の印象である。

はじめて二人で一つ寝床に眠ったとき、麗子は「姉弟みたいに寝ましょうね」と言い、それから永々と、能力ある男への呪詛《じゅそ》を口に連ねた。男の烈《はげ》しい肉体的要求、そのギラギラする眼差《まなざし》、その不器用な、あるいは器用すぎる態度、……何もかもがますます麗子の心を冷《さ》まし、その不感を強めるのだときいたとき、花井がどんなに安堵《あんど》を覚えたか想像できよう。

しかし花井は永年にわたる屈辱をなお払拭《ふっしょく》しきれず、それによって俄《にわ》かに心のわだかまりがとれるというわけには行かなかった。彼は私への毎日の手紙で、その屈辱を解消しようと試みた。

二日目には二人は清浄なまま裸で共寝をした。この一夜のふしぎは、さすがの花井も表現の言葉に窮した。麗子は、求めない、あるいは求めようとしない花井を、やさしく愛撫《あいぶ》した。

「あなたみたいなのが本当の男だわ。男ってどうしてあなたみたいに品と威厳が持てないんでしょう。欲望が、どんなに素敵な男でも滑稽《こっけい》にしてしまうんだわ」

花井は自分の欠陥を、「品と威厳」と形容されたことに大そうおどろいたが、麗子に対する欲望はますます燃えさかり、こう言われたことで、どんな欲望の形も封じられてしまって、一人でいたときよりも、もっと窄《せま》い檻に閉じ込められてしまったように感じた。

麗子は水のようだった。花井の目にも、彼女が強いて、こんな金属的な不感不動を装っているように見える時もあったが、そのむりな装いを、彼女が喜びを以《もっ》てやっていることもよくわかった。麗子は決して自分の体に花井の手を触れさせなかった。ただそのいかにも、燃えやすい材料ばかりでできたような美しい豊かな裸体を、彼の傍《かたわ》らに横たえているだけだった。

花井の不能は、次第に、燃えさかる不能になった。そこに彼はあまりにもありありと、自分の幸福の限界と、又、自分流の幸福のまぎれのない証《あか》しを見たから、麗子は、失うことのできない貴重な恋人と思われ、世界で唯一人の「彼のための」女だと思われた。

このとき麗子がどう感じていたかは甚《はなは》だ興味がある。花井の語るところによると、麗子は、融《と》けるほど心やさしかったが、肉体は氷のようだったと云う。しかし私に言わせれば、それはすでに彼女が江上隆一相手に経験ずみの状態であり、唯一つちがうところは、今度は彼女には何らの焦躁《しょうそう》がなく、男にだけ不可能な焦躁が生い茂っていたことであった。

私が想像するのに、こんな理想的な状況は、彼女自らが意識して作り出したものであり、やさしい心と冷たい体とを、別々の抽斗《ひきだし》に納めておくことにかけては、麗子は無意識のうちにも熟達していた。

しかし今、明らかに彼女は深みにはまっていた。又従兄に対したときの聖女の姿は、実は内面的には同じようでありながら、浅ましい娼婦《しょうふ》の姿に変っていた。この場合の花井に対しては、彼女は病気を治して上げようという形だけの献身すらなく、その不自然な袋小路に身を置いてのうのうとしていた。

それなら彼女が全く花井を愛していなかったかと云えば、そうも云えない。そういう形での愛に、彼女が理想の男性を見、男性の純潔の純粋な象徴を見、かつ、不可能で隔てられたこの肉体の愛に、精神的な愛の最上の形を見ていたのかもしれない。

「アベラールとエロイーズ」の愛の書簡というのを、これも花井に教えられて読んでみたが、後段、アベラールが去勢されてから却《かえ》って募《つの》る二人の間の精神的な愛は、官能の一等純粋な形とも思われるのである。

たしかに麗子は何かに賭《か》けていた。

…………。

「それで麗子は、依然として体に触らせなかったわけですね」

「ええ」

「何かのキッカケで、それが破れることはありませんでしたか？」

「ありました」

「いつごろですか」

「東京のホテルで一緒に住むようになって、五日目の晩でした。僕は何だか今の状態のままで、夢のような幸福の中へ、そのまま溺《おぼ》れてゆく気がしていました。そして、子供のようにすやすや眠ってしまったらしい。ふと目がさめると、麗子も眠っているようでした。僕は起そうか、起すまいか、迷いました。それは目がさめているときの麗子よりも、ずっと温かい、火照《ほて》ったような、夜の中でも燃えている紅い雛罌粟《ひなげし》のような寝顔でした」

「寝息は乱れていましたか」

「いいえ。実は彼女は眠っていなかったのです。急に目をあくと、私の手をつかまえ、はじめて彼女の乳房に触らせました。乳房は、奥で泉の湧《わ》き立ってくるような高い鼓動を隠していました。私はおずおずと、誘導されるままに、そっと平手でそこに触れただけでした。そしてそのままでじっとしていました。

突然、彼女が低い叫び声をあげ、目をみひらきました。苦痛の発作でも起したのかとびっくりしました。しかし、すぐにわかりました。それは苦痛の発作ではなく、反対のものの発作だったのです。

麗子は身をくねらせ、私の手の甲に歯をあてました。私は呆《あき》れて眺《なが》め、それをひどく美しいと思い、ついで怒りにかられました。

あの女は嘘《うそ》つきです！　嘘つきです！　嘘つきです！　何も感じないなんて！

……今、麗子は、それまでの仮面を脱ぎ捨てて、嵐《あらし》の日の気圧計の指針のように慄《ふる》えていました」

27

花井青年は結局、言いたいだけのことを言って帰り、のこされた私は茫然《ぼうぜん》としていた。

　実のところ私は、男性の不能についてあまり治療経験がないのであるが、それというのも、男性の不能は女性の不感症よりも、分析学的に興味が薄いからである。決して私が男の医師として、女性の患者にだけ偏した興味を示すからではない。

　それというのも、男性の不能もまた、器質的あるいは絶対的不能は僅少《きんしょう》であって、ほとんど心理的不能に帰せられるのであるが、女性の不感症とちがって、その不能の動機並びに不能の固定化過程が、かなりの部分、意識的な心理的葛藤《かっとう》に依《よ》っているからである。その不能を招来する女性恐怖の心理にしても、幼時の精神的外傷やエディポス・コムプレックスを指摘することは、分析治療によらずとも容易であり、不能の形成過程は本人にもよく意識され、かつこの自意識の空転がますます不能を促すと言った調子で、男性の不能の治療は、無意識のものを意識化するという作業よりも、過度に意識的なものを除去して、正常な反射神経の機能を回復するという作業のほうが、より重要であり、より効果的であると思われる。これは私自身の、男性としての生理に徴《ちょう》してみても、容易に首肯されることである。

　そこで私は花井青年に、むしろ過激なくらいのスポーツなどをすすめてみようと思ったのであるが、花井は私の言葉に耳を貸すどころか、言いたいだけのことを言うと、風のように立去ったのであった。

……却って複雑な感慨に見舞われたのは、あとに残された私のほうである。

次の約束の客が来るまでは時間があるので、私は分析室にとどまったまま、茫然と窓外を眺めていた。

春は過ぎたが、曇った空はうすら寒げで、往来の人もまだ黒っぽい服装が多かった。ロード・ショウの映画の看板も、麗子が突然訪れてきて旅へ誘った日とはすでに変り、何か殺人の恐怖にあえぐ女の大きな顔と、斜めに描かれた摩天楼と、畳三帖《じょう》敷もありそうな大きな赤い薔薇《ばら》の花とで飾られていた。何百年かたつと、このころの人類は、殺人の物語ばかりに興味を持っていた、と歴史に記録されることになるだろうと私はたわけた空想に耽《ふけ》った。

映画館の角に小さい花屋があり、そこばかりは季節のみずみずしい花々の色に潤《うるお》っていた。そのとき、私は花屋の前に立止った一人の青年が、まぎれもなく、さっきこの部屋から出て行った花井だと気がついた。

花井は小さな出来合いの百円だかの花束を買うと、そこから二、三歩歩き出して、花束に鼻を寄せた。

『ふん、案外ロマンチストじゃないか』

と私は心中嘲笑《ちょうしょう》を押えることができなかった。しかし次の瞬間に、思いがけない行動を花井がとった。花束のセロファン包みを引きちぎり、その花を、丁度走ってきたトラックの車輪の下へ投げ入れたのである。

トラックが去ったあと、街路にはふしぎな形の汚点《しみ》ができていた。それは何だか、美しい女の嘔吐《おうと》の跡のようで、私がその濁った野蛮な色調に気をとられているあいだに、花井青年の姿は消え失せていた。……

私は悪夢を見たような、あるいは自分の見たものが錯覚であるような、混迷した印象を与えられた。その不愉快な感じはいつまでもあとを引いた。精神病者の奇態な行動に今更おどろく私ではないが、今の小事件には、不能の人間の、世界に対する悪意がはっきりと彩《いろど》られ、それはいわばその悪意が、都心の公道に一瞬のうちに描いた不気味な抽象画を思わせた。

すると急に私はひどい無力感に襲われ、今しがた去った不能の青年に対して憐《あわ》れみを感じるどころか、男の敵手として、最も怖《おそ》れる必要のないその相手から、敗北の一撃を喰《く》わされたような気がした。自分の医師としての自信も喪われ、麗子に喜びを与えたものが、そんなに男の力から遠い或るものの影響だと考えると、自分まで男としての平凡な自信を根こそぎにされたように思われた。

しかし考えてみれば、花井青年の怒りにも尤《もっと》もな節《ふし》がある。

女も不感だと信じて一種の安らぎと平和に自足していたとき、突然女のよみがえりを見た彼は、自分の不能に対するありきたりの侮辱よりも、もっと手ひどい侮辱を受けたと感じたかもしれない。それは彼の正常さを前提とした侮辱ではなくて、いわば露骨きわまる「不具者への愛」の表示だったからである。

28

花井が去ってから二カ月が空しく経《た》った。その間、花井からも麗子からも何の連絡もなかった。

ふしぎなことだが、次第に私には花井への同情が生れてきていた。あの若さで、あるいは若さゆえに、性の破局と逆説の怖《おそ》ろしさを余すところなく体験した彼は、これから先、どうなって行くであろうか。見かけは恵まれた金持の息子でありながら、人生は貧乏人さえ知らない奇怪な不幸を与えることがある。そして性の問題は、若者にとっては、人生を知る大切な鍵《かぎ》となるのであるから、あんな体験をした彼は、平凡な人生の鍵穴を歪《ゆが》んだ鍵であけようとしてもいっかな開かず、いつかは自分に適した歪んだ鍵穴をみつけるにちがいない。なるほど扉《とびら》は開く。しかしその扉の向う側は千仞《せんじん》の谷底なのだ。

麗子が男の不能の果てにあのような音楽を高鳴らせたのは、もちろんわざとしたことではないが、それはふつう青年が女から受ける精神的な裏切りの打撃とはちがって、稀《まれ》に見る肉体的裏切りというべきであった。

季節はもう梅雨入りで、烈しい夏のような日ざしのつづいた五月のあとに、湿度の高いはっきりしない天気の毎日がつづき、雲の合間にのぞく日も、巴旦杏《はたんきょう》のような色に燻《くす》んでいた。

何カ月ぶりだろう。私は江上隆一からの電話を受けた。そののぶとい声は、妙に沈着を装ってきこえ、不自然に礼儀正しかったが、これがこの快活な青年の照れかくしだと、すぐあとでわかった。

「江上です。江上隆一です。覚えておいででしょうか。弓川麗子の件で伺ったことのある者ですが」

「ええ、覚えていますとも」

私は患者の名の覚えがあまりいいほうではないが、弓川麗子に関連した名前はちゃんと憶《おぼ》えている。しかしそんな註釈《ちゅうしゃく》をつける必要はみじんもなかった。

「実は……」と隆一は電話口で口ごもった。「本当はまずお目にかかってお話したいんですが、手みじかに用件だけ言ってしまいます。弓川麗子が、大へん悪いんです。急いで見てやっていただけないでしょうか？」

「それはまた……」と私も口ごもった。「そりゃあまた、どうしたわけですか」

「電話では言いにくいんですが、思い切って言ってしまいましょう。永話になってもいいでしょうか？」

「いいですとも」と言いながら私は、最初に私のところへ怒鳴《どな》り込んできた時と比べて、意外に大人しくなった彼の態度におどろいた。

「実は僕《ぼく》は、彼女が甲府へ突然かえってしまってから、ムシャクシャして、しばらく何を見ても腹が立って困ったのですが、反抗的にあちこちの女の子と附合《つきあ》って、かなり荒れた生活をつづけて来ました。そうやって女と居るときだけ気分が落着くのですが、麗子のことを思い出すと、そのたびに自分の矜《ほこ》りに焼鏝《やきごて》を当てられるような気がして、又折角回復した自信を失ってしまうんです。これがまだ惚《ほ》れている証拠だと云われるなら、そう思われてもいいんですが、ここ半年あまり、少くとも僕が麗子を忘れようと忘れようと思って暮してきたことは事実です。麗子からはそのまま音信不通で、甲府にいるのやら東京にいるのやらもわからず、先生に伺えば、緒《いとぐち》だけでもつかめると思いながら、どうしてもお電話する気になりませんでした。

ところが、おどろくじゃありませんか。きのう、会社のかえりに女の子と踊りに行って、夜おそく女を送ってかえってきたら、僕のアパートの前に、じっと麗子が鞄《かばん》を提げて立っているんです。

僕はしらん顔をしてやろうと思いましたが、それもすねてるようで、男らしくないと思ったので、

『やあ、どうしたい』

と淡泊に声をかけました。

外灯の下で、彼女の顔はおどろくほど真蒼《まっさお》で、やつれていました。のみならず、頬《ほお》にはあの危険な痙攣《けいれん》が走って、一言も口をきかず、僕が辛抱づよく返事を待っていると、返事の代りに、その目にみるみる涙が溢《あふ》れてきました。

『どうしたんだ？』

とふしぎに怒りを感じないで、僕はもう一度訊《き》きました。すると彼女は意外なことを言いました。

『ねえ、おねがいだから匿《かく》まって！　私、追われているの』

僕に多少オッチョコチョイの素質があるのは、すでに先生にも見破られていますから、隠し立てしても仕方がありませんが、あれほど憎んできた女なのに、こうして可《か》

哀想《わいそう》な態度で頼られると、僕は黙って、彼女を自分の部屋へ導き入れてしまいました。倒れそうに見えましたから、抱きかかえるようにして階段を上ったとき、彼女がひどく目方が軽くなったように思えました。

部屋の中に坐《すわ》っても、麗子は落着かず、おびえたようにあたりを見廻《みまわ》していました。僕はそうやって目の前にいる麗子を見ると、責め言葉もすらすらと口からは出ませんでした。それに、はじめは僕の非難から身を守るために、仮病を使っているのではないかと疑われたのが、真蒼な顔と体を小刻みにおののかせ、しまいに胸を押えて、

『苦しい！　息ができない！』

と叫び出すのをきいては、そのままにも放置《ほう》っておけませんでした」

「それが昨夜のことですね。そして今日の容態は？」

「今朝までほとんど眠らずに看病して、彼女をアパートに一人で置いて、会社へ出て来てしまったのですが……」

私は隆一という青年を、見かけの強がりに似ず、実に善意の人だと思った。

「ですから、今朝の容態は？」

「僕が出勤する時はうとうとしていたようでしたが、昨夜きいてみますと、一番はじめに眼が押えつけられたようになり、頭が重たくなって耳鳴りがし、目まいがして、

卒倒するような気がし、頸《くび》を絞められて窒息する感じがするんだそうです」

診察しないでも分る、典型的なヒステリーの前駆症状《アウラ》であって、しかもこれほど典型的な症候群は、はじめて麗子が来診したときには、軽度のチックのほかに、あまり認められなかったものである。

「頸に何か瘤《こぶ》か腫《は》れ物みたいなものはできていませんか」

「ああ、それを申上げるのを忘れていました。本人はきっと喉頭癌《こうとうがん》だろうと心配しているんですが……」

「それなら心配はありません」

と私は一言の下に否定した。これはヒステリー球に決っているのだ。

このキッパリした一言で、隆一の私に対する信用は増したようだった。

「どうしたらいいでしょうか、先生」

「第一に、彼女に何も病気の原因をきいちゃいけません。何一つ問い質《ただ》してはいけません。第二に、きょう会社が退《ひ》けたら、早速彼女を連れて、診療所までいらっしゃい。内科や婦人科の先生に診《み》せても、仕様のない容態だと思います。今夜は特別に、残業をして十分治療をしてあげます」

「どうもありがとう。それを伺ってホッとしました。じゃ今日の夕刻連れて上ります」

と隆一は声に喜びをあらわして言うと、電話を切った。

29

その日、私が明美に因果を含めた厳粛な口調には、さすがの明美も小うるさく言葉を返す余地がなかった。今夜の患者は、六時すぎに来て、規定外時間になるが、明美に残業する気があれば残業手当を出すし、帰りたいなら六時の定時に帰ってもよい、因《ちな》みに患者の名前は弓川麗子である、と言ったのである。

明美はこうはっきり切り出されると、却《かえ》って大人しくなって、せめて自分の好奇心と残業手当だけは確保したい、という気になったらしく、承知して、

「じゃ、第一分析室を使うんですね」

と念を押した。どの患者にこの前どの分析室を使ったか、カルテを見なければわからぬのが普通であるのに、明美がそれを憶えていて即座に言ったのは、その並々ならぬ関心を思わせる。

午後六時になると助手の児玉君を帰し、明美と二人で、差向いで鰻丼《うなどん》の夕食を取った。二人きりでいる夜のビルの静けさが身にしみて来た。

「私、何も言わないわ」と仕事中は口紅を薄くしている明美が、いつのまにか濃く塗りかえた唇《くちびる》を、鰻《うなぎ》の油で光らせながら、じっと私の目を見て言った。「だって今夜は、あなたによほどの決心があるんだな、ってわかるんですもの」

　相手がそう出てくれれば、私も素直に口のきける性質《たち》で、

「そうだよ。今夜こそギリギリ結着の、彼女と僕の対決の機会だと思っている。分析治療の欠点は、患者が治癒《ちゆ》に対する自覚的意志を失ったときは、それを追っかけてまで治療することができない点だが、きょうの江上君の電話で、僕にはっきりしたことがある。

江上君には気の毒だが、彼は今は、弓川麗子に利用されているという節があるんだ。男というものの避けがたい己惚《うぬぼ》れで、彼は刀折れ矢尽きた彼女が、最後に彼のところへ救いを求めてきたと思っているが、実のところ、彼の電話の声の背後に、僕はたえず麗子の叫びをきくような気がした。江上君をとおして、麗子はこう叫びつづけているんだ。

『先生のところへ帰りたい！　もう一度、あの分析室へ帰りたい！　あそここそ私の故郷なんだわ』

いわば江上君は、彼女がここへ帰って来るために利用された橋だった。彼女はどう

してもここへ一人で帰ってくることはできなかった。江上君がここへ彼女を連れてくる役目を果す必要があったんだ」

「でも変だわね。彼女は何度か、たとえ不自然な状況でも、音楽をきくようになっていたんでしょう。それがどうして又、前より以上のひどいヒステリー症状をあらわすなんて……」

「それは彼女自身の口からきいてみなければわからない。しかし僕の推測していることが一つある。これも『橋』の一部ではないだろうか。もちろん彼女はその症状に現実に苦しんでいるのだが、あるいはそれは、どうしてもここの診療所、彼女にとっての唯一の安息の場所であるここの分析室へ帰るために、彼女の無意識が案出した一時的な手段ではないだろうか？　ヒステリーとはおどろくべきものだよ。ヒステリーがいろんな病気を真似《まね》することはよく知られているが、ヒステリーはヒステリーの真似をすることすらできるんだ。まして麗子は、精神分析についちゃ、いろんな知識を持っているしね」

――二人がこんな話をしているうちに、明美と私との間には、ふだん感じたことのないしみじみとした共感が流れた。それは丁度台風警報の下った海岸の見張所で、徐々に戸外に強くなる風音を聴《き》きながら、宿直している二人の間に生れる共感のようなものであり、すでにほうぼうの事務所の灯が消え、勤め人たちはあらかた帰って、ただ地下の食堂街のざわめきを残すだけになった巨大なビルの夜が二人を包んでいた。今にこの窓の灯だけが一点の金歯のきらめきみたいに、あんぐり大きな口をあけたこのビルの夜に呑《の》まれずに残るだろう。

夜七時であった。

ドアがノックされて、レインコートに身を包み、隆一に肩を抱かれた麗子が、よろめくように待合室に入ってきた。電話できかされていながら、その顔色の蒼《あお》さに私はおどろいた。のみならず、長椅子に腰を下ろしてからも、麗子は私の顔もまともに見ず、久闊《きゅうかつ》の挨拶《あいさつ》も言わず、罪人のようにうなだれて身を慄《ふる》わせていた。そんなに寒いどころか、今夜はとりわけ蒸暑い宵で、部屋は冷房を入れているくらいだったのである。

「すみませんが冷房を止めて下さいませんか」

と隆一が言った。私は冷房を止めに行って、帰ってきて麗子の額に手をあてた。別に熱はなかった。

この医師としての当然の接触を、私は自分がいかにも無感動に、職業的にやっててのけたのにわれながら愕《おどろ》いた。窓のクーラーを止めに立ったとき、おそらく私は自分の次の行動を計算していたのだが、それは本当は、久しい間の幻の白い額に自分の掌が触れに行く夢のような瞬間である筈《はず》だった。しかし、実際にやってみると、ただの日常的な仕種《しぐさ》にすぎず、麗子も頑《かたく》なにうつむいたままだった。

「じゃ、ひとつ、麗子さんだけ、分析室へ入っていただきましょう。江上さんは、ここで待っていていただいてもいいが、大分時間がかかるから、その間、映画でも見て来られてもいいですよ」

「はあ、勝手にさせてもらいます」

と江上青年は、麗子の苦しそうな息づかいをききながら、上の空で言った。

苦しいですか？　とも私は訊かず、一切いたわりの態度を見せなかった。分析室まで、女を抱きかかえて行こうとする隆一をも目で制した。そして、一見残酷な仕打のようだが、麗子が自分の力で辛《かろ》うじて立上り、片手で胸を押え、迫った息づかいで、壁から壁へ右手で伝わって、分析室のドアへ辿《たど》りつく姿をゆっくりと追った。

私のかたわらでは、白衣の明美が、そういう麗子のうしろ影を、勝ち誇ったように、しかも興味津々と見つめていた。

30

分析治療に焦《あせ》りは禁物であり、強圧的な態度や一方的な押しつけも禁物であるが、ただ機械的に規則正しい治療を反復することが最上の方法とは限らない。

これも一般の人間関係と同じで、しばらく停滞して何の進歩も見られぬ時期もあれば、一気呵成《いっきかせい》にドラマの終末にいたる場合もある。今は私にはあたかもその時期で、麗子がこのような形で私のところへころがり込んで来たのについては、それなりの強い内的必然性があるのだ、と考えざるをえなかった。

麗子を寝椅子に横たえると、私は仄《ほの》かな照明だけを残して、しばらくそのままに放《ほ》置《う》っておいた。

思えば麗子が、夜の一室に私と二人きりになるのは、これがはじめてであった。はじめの烈《はげ》しい息づかいと、目をつぶった苦しげな顔は、私のすぐ傍《かたわ》らに感じられたが、私はわざとそのほうを見なかった。ただ私は満足であった。ひどく満足であった。
五、六分も沈黙がつづいたのち、麗子はようよう口を切った。
「先生、部屋に鍵《かぎ》はかけて下さいました？」

「ああ。いつものとおり」

「ここには決して誰《だれ》も来ませんわね」

「誰も入ってくる心配はありません」

「嬉《うれ》しいわ。どんなに私はここへ帰って来たいと望んでいたでしょう」

「だって、なかなか帰って来なかったじゃありませんか」

「私、罪の深い女です。先生にもどうやってお詫《わ》びしたらいいかわかりません。我儘《わがまま》で、治療を途中でやめて、自分勝手な行動をとるなんて。……それもみんな、私が罪深い女だからだわ。ね、そうですわね」

「ここへ治療に来なくたって、罪にはなりませんよ、別に。みんなあなたの自由です」

「何だって、先生、何だって私に自由なんか下さるの？　私に自由を下さった先生が悪いんだわ。だから私、こんなになって……」

「こんなに、って、どんなにですか？」

と私はじろじろと麗子の体を見廻《みまわ》した。その体はもはや慄えていず、息も乱れていなかった。ただ、柔らかな胸のふくらみが上下するさまが、仄明りのおかげで、はっとするほど鮮やかに見えた。

「まあ、ふしぎだわ。この部屋に入ったら、あんなに苦しかった胸が何だか楽になって、丁度体中に結び目があったのが、いっぺんに解けたような気がするんです」

私はこういう場合、患者の訴えにあんまり丁寧に耳を貸さぬようにしている。なぜかというと、悪い訴えをきいてやさしくして、却ってそれを募らせる場合もあれば、今のようにケロリと快くなったという訴えに、こちらがあまり喜んでみせると、患者の意地悪な反応によって、今度は悪い症状を復元してみせる場合があるからである。

「そりゃよかったですね」と私は淡々と答え、「それじゃいろんな質問に答える用意がありますね」と言いざま、相手の心用意を待たずに、いきなりこうきいた。

「あなたは追われていて、江上君に匿まってもらいに行ったそうですが、一体何に追われているんです」

麗子の目に、一瞬ちらと逡巡《しゅんじゅん》の色が動いたのを、私は見のがさなかった。

「鋏《はさみ》です」

「え？」

「鋏に追いかけられているんです。ずっと前に自由連想法で申上げたことがありましたわね」

「ええ、勿論《もちろん》その鋏はおぼえていますが、今のは単なる比喩《ひゆ》でしょう？」

「比喩じゃありません、先生。申上げてしまいます。私、本当に鋏で殺されかかったんです」

「何ですって？」

彼女の話はまことに奇怪な匂《にお》いがしたが、私は今度は順を追って話させるよりも、一問一答で、遠い地上の一匹の兎《うさぎ》へ向って、ゆるゆると迂回《うかい》しながら急降下の時を狙《ねら》う鷹《たか》のような行き方で行こうと思った。

「まあ、その詳しい原因はあとできくとして、鋏とは……つまり、何故鋏なのですか？」

「それは鋏が偶然そこにあったからですわ」

「どんな種類の鋏ですか？」

「花鋏ですの」

「それがあった場所は？」

「ちっとも可笑《おか》しいことはありませんわ、先生。私、六本木のほうの、外人にお花を教えてる先生の家に、しばらく下宿して身をひそめていたんです」

「身をひそめていた、というと、事件の危機はその前からあったわけですね」

「危機というほどではありませんけれど、私、急に、いつか手紙に書いたあの黒いスウェーターの子がきらいになっていたんです。それで二人で一緒に住んでいた麴町《こうじまち》のホテルから、或《あ》る日こっそり脱け出して、そこに移っていたんです」

「するとその隠れ家を黒いスウェーターの青年が嗅《か》ぎつけて追いかけて来たわけですね。よくあるケースだ」

「よくあるケースですわ」

と麗子は、おかしなことに、華やかな感じのする溜息《ためいき》を吐《つ》いた。何かしら、嫌悪《けんお》を装った誇らしさ、倦怠《けんたい》を装った昂奮《こうふん》、と謂《い》ったものが、その溜息にはひそんでいるように思われた。烈しい風の中を真赤な頬《ほお》で駈《か》け抜けて帰ってきた子供が、親の顔を見ると、急にこんな溜息をつくことがあるものだ。

「私がお花の先生のそばで、教わるでもなし、手つだうでもなし、ただぼんやり先生の美しい手つきに見とれていたとき、……本当にきれいな女らしい先生だったわ、……玄関にベルが鳴って、出てみると、あの人でした。私は左手で花鋏をおもちゃにしながら、玄関へ出てしまいましたの」

「むかしは洋裁鋏、今は花鋏か……」

「何ですか、先生」

「いや、私の記憶を整理してみただけです。どうか、つづけて下さい」

麗子は感興を途切らされて一寸眉《ちょっとまゆ》に不快な感じを走らせたが、それは実は私のわざとしたことだった。そのとき彼女が手に花鋏を持っていたのは本当かもしれないが、こんな中断によって、私は彼女が事柄《ことがら》をあんまりドラマタイズすることを掣肘《せいちゅう》し、又一方、彼女自身に、鋏の象徴作用の変移について気づかせておきたかったからである。

「……そのとき玄関に、黒いスウェーターの子、花井という名ですの、その花井の姿を見たときは、私はドキッとして心臓が止りそうになりました。ここまで私を嗅ぎつけて来た以上、この人の性質では、どんな突飛なことをするか、見当がつかなかったからです」

「それで……彼は突飛なことをしましたか？」

「いいえ。その日は大人しく帰りました。私に、ぜひ戻《もど》ってくれと、陰気くさく、しつこく頼んで、僕《ぼく》が世界中で愛しているのは君だけだ、君を失ったら僕は今度こそ死ぬほかはない、とおどかしました。おどかしたと云っても、さびしい笑い方をして、陰気な口調でしたけど」

「その時は具体的には何の危険も起らなかったのですね」

「ええ……その時は何も……」

「じゃ花鋏は？」

「え？」

「花鋏はどうしたんです。あなたはそれで殺されかかったと言ったじゃありませんか」

「ああ、……そうだわ、私どうしたのかしら。私はたしかに左手で花鋏をおもちゃにしながら、玄関へ出たのまでは憶《おぼ》えています。ただ、あんまり彼の来たのがショックだったので、それから先、花鋏をどこへやったか、まるきり憶えていません。……どうしてでしょう、変ですわね、記憶って。あるところまで天然色映画のようにはっきりしていて、急にフィルムが切れてしまうんです。……私、下宿の主人のお花の先生に遠慮して、花井と話をするために外へ出て、散歩しながら話したんです」

「そのときはもう花鋏は持っていなかったんですね」

「それがどうしてもわからないんです、先生」

「もっと自分で追求してごらんなさい。さっきあなたは、花鋏で殺されかかったと言いましたよ」

「ええ……あれはまちがいでした。きっと花井の顔を見たとたんに、私はどこかへ巧《うま》く鋏を隠したんだと思いますわ。そのときの恐怖は、花井がきっとこの鋏で私を殺すだろうと思ったんです」

「鋏で人を殺すというのは、あんまり月並な考えじゃありませんね。鋏は刺すよりも、チョン切るのに使われます。お伽噺《とぎばなし》の中の蟹《かに》のように、早く芽を出せ、芽を伸ばせ、伸ばさないとチョン切るぞ、と言っておどかすのが鋏です。あなたは花井に鋏で何かを切られるという恐怖を持った。女なら切られるのは大てい髪ですが、あなたの場合の恐怖感はそれではなかった。

フロイトの去勢コムプレックスに関する説明は、十分説得的だとは云えませんが、あなたの恐怖は、どうも現実の事件に対する恐怖ではなさそうです。あなたの子供のとき、ズロースを下ろされて、

『負けっ子で、もう先に切られたんだろ』

とからかわれたときの屈辱感が、突然、花井に対して燃え上り、それが怒りから、恐怖に変ったというのは、ふしぎですね。あなたは幼時記憶によって、鋏による去勢をおそれていたが、それが男性に対する憎悪の一つの理由にはたしかになった。花井に対して、あなたがそれと同じ、つまり、『自分になくて男にあるもの』に対する憎悪と恐怖を持ったというのはふしぎですね。……だって、花井は不能だったのでしょう？」

これに答えた麗子の返事は、又一つ、人間を侮蔑《ぶべつ》するような怖《おそ》ろしい一局面を語っていた。

「いいえ、私と附合《つきあ》っているうちに、あの人、不能が治ってしまったんです。そのとたんに、私、あの人が、虫酸《むしず》が走るほどイヤになってしまったんです」

31

なるほど、花井が不能が治って、麗子をかけがえのない女性と思って追っかけ廻すということは、いかにもありそうなことではあるが、同時に、不能の治った花井にとっては、もはや麗子は必要な存在ではなくなり、彼女を見捨てて自由な性の冒険の旅へ乗り出したということも、同じくらいに、ありそうなことである。

麗子の語る事柄をそのまま事実とみとめてはならないという私の警戒心は、おのずから、その事柄を現実の法則と搗《つ》き合わせて、起り得る可能性や蓋然《がいぜん》性のほうを重んじる習慣を自分につけてしまった。

たとえば花井の不能が治った、ということは、十分考えられることであるが、それから先は一概に言えないのである。

麗子の錯乱はどうも花井に捨てられたことから来たのではないかという直感が私には強かった。このような女性の自尊心の瓦解《がかい》は、おそろしい影響を及ぼす。ここで再び執拗《しつよう》にあらわれた鋏のイメージは、そのことを語っているように思われるのである。

私は追究の手をゆるめまいと決心して、表面はさりげなく、無感動に質問の矢を放ちつづけた。

「花井の不能が治ったとき、あなたはどんな印象を持たれましたか？」

「だから、嫌悪だけだった、って申上げているんですわ」

「もっと直接の、その瞬間の印象は？」

麗子の返事は意外に素直であった。

「そうね。裏切られた、という感じかしら？」

「というと？」

「私に対して……私のききはじめた『音楽』に対して、あの人はものすごく嫉妬《しっと》して、私を憎んでいました。でも私はあの人がずっと私に忠実であることを信じていました」

「その『忠実』という意味は？」

「私に対して不能でありつづけるということです」

「わかりました。だから、裏切られた、というわけですね」

「そうです。それに……」

と彼女が言い淀《よど》んだので、私はそのときの状況をもっと念入りに問い質《ただ》す必要を感じた。その結果わかったことはこうである。

或る晩、二人の間で険悪な言い争いが起り、花井は多少酒を呑《の》んでいた。麗子が何か致命的な罵言《ばげん》を吐き、花井は激してはじめて麗子の頰を打った。それから花井のほうが却《かえ》って泣きだし、二人は着衣のままベッドに横たわって、泣きやまぬ花井の髪を、心の静まった麗子がやさしく撫《な》でてやっていた。

麗子はえもいわれぬ、悲しい、甘い、みじめな、空しい恍惚《こうこつ》に涵《ひた》っていた。そのとき急に花井が男になったのである。

これに気づいた麗子はひどい嫌悪を感じたので、事はまるで強姦《ごうかん》のように行われたと彼女は述べているが、こんな風にして回復したばかりの男がそういう激しい行動を遂行したかどうかは、私には疑問に思われる。彼女はむしろ、自分の嫌悪感を表現するために、そういう形容を用いたのではなかろうか。たしかに起った事実を央《なか》にして、彼女がたえず嫌悪と願望の間を揺れ動き、それによって勝手な修正を施しがちなことは、既に見て来たとおりである。

問題は、事のあとに示した花井の激しい無遠慮な歓喜にあった。その喜びはあまりに自分本位で、すでに麗子は眼中にないように見えた。そういう喜びと、あとで麗子を唯一の女性として追っかけ廻したという話とは矛盾するようであるが、何度も訊《き》き質すうちに、私はいやでも麗子という女の悪魔的な性格に直面したのである。

……麗子の話のあいまいな部分を補塡《ほてん》しながら、私の構成した物語は左のようであった。もちろん聞書であるから、細目のリアリティーについては難があろうが。

…………………。

32

麗子は実際花井が生れてはじめて男の能力を示したとたんに、一種の心理的困難を味わった。彼女が「嫌悪」と言ったのはこのことであるが、「嫌悪」の一語では尽すことのできない複雑さがあった。

麗子はすぐ江上隆一のことを思い出し、まだ『音楽』を聴《き》かないか聴かないかと彼女を責めるあの執拗な肉体的追究を思い出した。花井の場合は、すでに麗子は音楽を聴いたのであるから、一見そんな心配はないようであるが、彼女にそのときはっきりわかったことは、一度能力を回復した花井に対しては、彼女は二度と音楽を聴くことがないだろうという一事である。それならこれから花井が、江上隆一とそっくりの役割を果たすこともありうるわけである。

ところがもう一つの心配は、花井が忽《たちま》ち麗子を征服したつもりになって、他《ほか》の女へ次々と心を移し、回復した能力の実証に浮かれて、恋の遍歴をはじめるのではないか、ということである。

すなわち麗子は、花井とこれ以上「平常な」結びつきをつづけることを欲しない。と同時に、彼がほかの女へ走ることもゆるせないのである。このことは根本的に、彼女が花井を不能のままで永久に置きたいという願望を意味する。できれば又従兄《またいとこ》の許婚者《いいなずけ》のように、いずれ死んでゆく人間であってほしいのだが、回復した花井は自殺を試みることは二度とあるまい。

花井の歓喜を見たとたんにこのような困難を直感した麗子は、突然態度を変えて、彼に完全な自由を与えてやるようなふりをした。

「私に感謝なさいよ。結局あなたを治してあげたのは私よ。ほかの誰《だれ》にも治せなかった病気をね」

「それは感謝してるよ。但《ただ》し想像もつかないほどの君の意地悪に対してね」

「でもあんまり有頂天にならないほうがいいわ」

「なぜ？」

「あとでわかるわよ」

このとき花井は顔を曇らせたが、麗子は、何も言わないでも、すでに花井に彼女の呪詛《じゅそ》が巧くかかったことを察した。というのは、麗子は、花井が治ったのは麗子一人に対してであり、ほかの女に対しては依然不能だということを暗示したのである。

この暗示を花井がいかに怖れているか、彼の顔をちらと見るだけでわかった。又この暗示によって、彼が反撥《はんぱつ》して、却って他の女へ意地でも走るだろうということは、明らかに麗子の計算の内にあった。

そして予想されたとおりの事件が起ったのである。俄《にわ》かに亭主気取になり、浮気は当然という横柄《おうへい》な態度を見せはじめた花井が、たまたま出会った別の女を口説いて、以前と同じような恥をかくという事態が起った。これは不能にまつわる神経症の予後を軽く扱いすぎた者の当然の報いであって、何らおどろくに足りない。

意気阻喪《そそう》してかえってきた花井を、麗子がどんな風に迎えたかは言うまでもあるまい。彼女は冷たく拒みつづけ、ついには突然身を隠したのである。

……………。

これによると、たとえ花井が刃物沙汰《はものざた》を起そうとも、花井にはかなり同情すべき点があって、危険な状況はすべて麗子が作り出したのだ、と言うほかはない。

それなら麗子は何故そのような、不幸な劇的状況を作り出したのであろうか？

33

私は再び自由連想法に彼女を委《ゆだ》ねるべき時期が来たことを察した。

私は彼女を椅子《いす》に横たわらせ、彼女の目の届かぬ机にノートをひろげ、このみちた薄明のなかで、彼女が自由に思いのままに語りだすのを待った。

これは久しく私の待っていた瞬間であり、今度こそこの薄明のなかで美しい白狐の尻尾《しっぽ》をつかんでやろうと待ち構えていた機会の到来であった。麗子のあらゆる姿態のうち、こういう姿態がそのもっとも本来の、自然な姿態だと考える私の心の内には、分析医を逸脱した或る熾烈《しれつ》な夢が隠れていた。それを認めないわけには行かない。

彼女にとってここがいつしか本当の心の故郷になり、唯一の平和郷になったように、さんざん悩まされた被害者の筈《はず》の私にとってさえ、こうして二人きりで鍵《かぎ》のかかった密室にいて、あらゆる外界から遮断《しゃだん》され、夜の町の賑《にぎ》わい、愛の言葉や喧嘩《けんか》口論、ネオン・サイン、狂おしいダンスのサーフィン、路《みち》ばたの一寸した目じらせ、街娼《がいしょう》、金を持たない若者たちの貧しいポケット、夜かけるサン・グラス、ロード・ショウ映画の最終回、早く閉める宝石店のからっぽのビロードの台座を並べた飾窓、夜道の自動車のしめやかな軋《きし》り、地下鉄工事のひびき、……その他あらゆる人間世界の騒がしさから隔てられて、心と心を附合せている状況こそ、稀《まれ》な理想郷の実現であったかもしれない。

私には負け惜しみの自信があり、どんなに深く彼女の肉体を知った男よりも、私のほうがよく知っているという、すべての男に対する軽蔑感があった。どんなに詳細に彼女の肉体の襞《ひだ》に分け入り、どんなに隈《くま》なく彼女の美しい皮膚を味わっても、男たちは決して私のように彼女の真の深所へ、彼女のもっとも深いおののきと歓喜に触れることはできない。論より証拠、江上青年を見るがいい。死んで行った許婚者を見るがいい。さらには、最近の花井青年を見るがいい。

女の肉体はいろんな点で大都会に似ている。とりわけ夜の、灯火燦然《さんぜん》とした大都会に似ている。私はアメリカへ行って羽田へ夜かえってくるたびに、この不細工な東京という大都会も、夜の天空から眺《なが》めれば、ものうげに横たわる女体に他《ほか》ならないことを知った。体全体にきらめく汗の滴《しずく》を宿した……。

目の前に横たわる麗子の姿が、私にはどうしてもそんな風に見える。そこにはあらゆる美徳、あらゆる悪徳が蔵《かく》されている。そして一人一人の男はそれについて部分的に探りを入れることはできるだろう。しかしついにその全貌《ぜんぼう》と、その真の秘密を知ることはできないのだ。その点で私はこの都会に関するあらゆる資料の揃《そろ》った秘密警察の司令部のような地位にいると言えるだろう。

「さあ、言いたいことを何でも言ってごらんなさい」

と私は促して、尖《とが》らせた鉛筆をノート・ブックに突き立てた。

34

「また鋏です。……どうしても鋏が出てくるのです。

私『音楽を奏《かな》でる鋏』というのを、いつも探して来たような気がするのですけど、それはどこにあるのでしょうか？

それが何だか死に関係があるような気がするし、鋏というのは、死神の鎌の仮装じゃないかと思うことがありますの。

今まで申上げませんでしたけれど、私は子供のころ一緒にお風呂に入った父の性器から強い印象を受けていたことがあって、それは明らかに、最初にお話した又従兄たちの子供らしい鋏の脅かしよりも以前のことでした。それは何だか巨《おお》きくて、真黒に熟れていて、言うに言われぬ不気味な感じがしましたけれど、何だかそれがひどく気になって、父は着物を着ているとき、あれをどんな風に始末しているのだろうかとふしぎに思いました。女の体にはあんな不始末なものは何もなかったからです。

そうですわ。思い出しました。今まで何だってそれを忘れていたんでしょう。そのころ西洋鋏を見て、私はこれはきっと女だろうと思ったことがあるのです。というのは、鋏を何度ひろげてみてもその股《また》には何もなかったからです。でも、そんな発見を大人に言ったら叱《しか》られそうで黙っていました。一人で、鋏の柄《え》に赤いリボンを結んで、ハサ美《み》ちゃんという名をつけて呼んでいました。

『ハサ美《み》ちゃん。今日はお元気？

今日は何をはさんだの？　何を切ったの？　折紙ですか？

青い紙？　白い紙？　紫の紙？　黄いろい紙？　それとも緑の紙？

紙はいうことをきいて、

大人しく切られたの？

いいわね。ハサ美《み》ちゃんが赤いリボンをつけて、ニッコリ笑うと、

みんな喜んで切られてしまう』

こんな童謡みたいなものを作って一人で口ずさんでいたことがありました。

父が、鋏なんか玩具《おもちゃ》にしてはいけないよ、と私を叱ったことがあります。父はきっと怖《おそ》れているのだと私は思いました。父をいつかハサ美《み》ちゃんではさんでやろう。でも父を切ってはいけないわ、と私はゾッとして考えました。

今では私には近親相姦《そうかん》のタブーが、『切る』『切ってはいけない』という恐怖で代行されていたのがよくわかります。ただ切ってはいけないのは父だけで、父に対する愛に代るぐらい強い愛を感じる相手でなければ、誰でも切っていいのだ、という感じは持っていたのかもしれません。

私の幼時にひときわ男根羨望《せんぼう》が強かったのと、又従兄たちとの遊びにあらわれた去勢コムプレックスとは、同じ根のものだというぐらいは私にもわかります。鋏が本当に愛を感じたら、鋏であることを諦《あきら》めなければならない。なぜなら、鋏の役目は切ることにあるのに、本当の愛の対象である父を、切ることはできないから。……私はたしかに幼年時代に、そういう矛盾に悩んだことがあるのです。

花井や瀕死《ひんし》の病人である許婚者については、私はもう誰かに『切られた』男としてのイメージを持っていたのかもしれません。それなら私はもう切る必要はないのですから。

それで花井が力を回復したとき、今度は私に憎しみが生れて、どうでも今度は私の手で切ってやらなくてはならないと思いました。私は心の底で、花井の自殺をのぞんでいました。ああ、怖ろしいことですわ。先生。私はあの人の死を願っていたんです」

「よろしい。わかりました」

と私はしばらく中断して、麗子の様子を窺《うかが》った。

かつて麗子には父の影像《イマゴー》があまり強烈でなく、エレクトラ・コムプレックスが顕著でないという分析を私はしていたが、今の告白をきくと、私はまちがっていたことになる。この整然たる合理的解釈は、しかしなお私を満足させない。彼女はとうとう父親を持ち出して、私に分析学的な好餌《こうじ》を与えて、納得させようとかかったのかもしれないからだ。

ともあれ、私は自由連想法を続行させてみることにした。

「さあ、どうぞ、次を……」

「ええ、花井が花鋏で私を殺そうとした、というのは、こんな自分の心の罪を罰してもらいたかった幻想かもしれません。あの人がお花の師匠のところへやって来たのは本当ですけれど、あの人にはもともとそんな勇気はないのです」

こんな麗子の滑らかな言葉の流れを耳に入れながら、私はしきりに以前の分析歴を読み返していた。そして彼女がこんな風にして、今まで一度も言わなかった父親のことを言い出したのは、明らかに私の目をくらまし、真の目的を隠蔽《いんぺい》するためだという確信がついた。

私は黙ってきいていたあげく、突然メスをつきつけるように、こう問いつめた。

「あなたは最近、失踪《しっそう》していた兄さんに会いましたね」

35

私は人間の顔がこんなに怖ろしい衝撃をうけたところを見たことがない。

麗子は跳《は》ね上るように顔を上げたが、その顔からは一瞬のうちに血の気が失われ、目はみひらき、頬《ほお》は乾き、唇《くちびる》はひきつって、今までの麗子の顔がたちまち別の年老いた臨終の女の顔に変貌《へんぼう》してしまったように見えた。

ただの直感が言わせたこの当てずっぽうの質問が、こうまで凄《すさ》まじい効果をあらわしたのを見て、むしろ私のほうが愕《おど》いていた。

「どうして？　どうして、先生、それを御存知なんです」

「どうして、と言ったって、ただ私は知ってるだけですよ。なぜそれを隠していたんです」

「だって……だって……あんまり怖ろしいから」

「ここでは誰もきいている人はいません。私は必ず秘密を守るし。あなたは一体何をそんなに怖れているんです」

「だって……あんまり……先生、それは無理ですわ。私の口からそれを言わせようったって、こんな怖ろしいことを」

「言ってごらんなさい。あなたの病気のすべての根はそこにあるんだ。それを解決しなければ、何一つ良いほうへ向かいはしない。ここは警察じゃないんだ。たとえあなたが刑法上の罪を犯していたって、私は秘密を守ります。そこからすべてがはじまったことを、兄さんの問題にすべての発端があることを、前にもあなたは自分の口からはっきり言ったじゃありませんか。ぜひともその始末をつけなくちゃいけない。いいですか？　落着いて話すのですよ」

と私は正に一気呵成《いっきかせい》に押した。

「え？　言ってごらんなさい。花井の不能が治ったという話なんか皆嘘《うそ》でしょう」

麗子はうつむいて、ききとりにくい声で答えた。

「すみません。嘘なんです」

「それに関するトラブルはみんな作り事なんでしょう？」

「はい」

それで花井が、麗子の失踪を知りながら一度も私のところへ問い合せて来なかったという矛盾が、見事に解決する。むしろ麗子の『音楽』を聴《き》くさまを見て、心を傷つけられて、花井が私を訪問してのち、花井のほうから身を隠したというほうが、すべて理に叶《かな》っている。どうして私ははじめからそこに気づかなかったのであろうか？

「では、花井に追いかけられて脅かされたというのも嘘ですね」

「ええ」

「花井におびやかされて隆一君のところへ逃げ込んだのも？」

「ええ」

「あなたは兄さんに追いかけられていたんですね」

麗子は肯定のしるしに、涙に潤《うる》んだ目をあげた。

36

こんな私の直感の勝利にも、ただ一つまちがっていたことがある。

麗子は最近はじめて兄に会ったのではない。実は彼女は隆一と知り合う前から、失踪していた兄に会っていたのである。

これから物語は、もっとも陰惨な真相をあらわにするのであるが、彼女がS女子大の寄宿舎で暮していたとき、男の面会人があって、出てみると、行方《ゆくえ》不明の兄であったので大そうおどろいた。

兄は見るからにヤクザじみた風体《ふうてい》をしており、上目づかいの目つきといい、心のこもらない笑い方といい、昔の兄とはまるでちがっていた。

「まあ、お兄さん」

というなり、しばらくは麗子も口がきけなかった。

兄はぽつりぽつりと話し、自分は東京であんまり人に知られたくないような暮しをしているから、郷里にも一切告げないでくれと釘《くぎ》をさし、ただ麗子が東京の大学へ来たことは人づてに聞いたので、なつかしさのあまり訪ねて来たのだと言った。麗子は数日後に町で兄と会う約束をしたが、兄が困っている様子を示したので、多少の小遣《こづかい》を与えて帰した。

この会見は麗子に深刻な感動を与えたが、センチメンタルな気持がすべてを覆《おお》い、郷里に告げないようにという兄の言葉をそのまま守る気になった。彼女はその晩、感動のために眠れなかった。

数日後、兄は銀座で麗子と待合せ、麗子の勘定で、仲よく映画を見たり、食事をしたりした。兄の崩《くず》れた身なりや言葉づかいの底に、昔のままの面影が隠見するのが、麗子にはこよなく嬉《うれ》しかった。兄は今仮りの宿にしているアパートへ遊びに来ないかと言い、麗子はよろこんで応じた。

それは新宿百人町ちかくの小さなアパートで、部屋に上ると、ベッドもあり、電蓄や小さな洋酒棚《だな》もあって、小ぎれいな暮しであった。兄は昔ながらのきれい好きの気質で、部屋に入るなり、上着を脱いでその上着で棚やベッド・カバーの上を荒っぽく叩《たた》き、

「畜生、見かけばっかりで、ろくに掃除もしやがらねえ」

と却《かえ》って埃《ほこり》を立ててしまった。

もともと部屋の持主が女であることはわかっていたが、兄のそんな大げさな仕草で、何となく兄がこの部屋に対して持っている情ない地位が窺われた。

兄はきれいに髭《ひげ》も剃《そ》っており、髪も撫《な》でつけていたけれど、どことなしに汚れたものが身にしみついてきていた。妹に対しても、体裁だけのような笑い方をするのが気に入らなかった。麗子にはそういう兄の変貌を温く理解する余裕が十分あったが、兄のほうに寄せつけない柵《さく》が感じられた。

『どういうのだろう』と麗子は思っていた。『兄さんがどんな人間に堕《お》ちていようと、私にとってはなつかしい兄さんにちがいはないのに』

麗子がそういう兄の生き方に、ほとんど倫理的な批判を働らかせていなかったことは注目に値する。彼女は本当のところ、こんなヤクザっぽい男に、三流アパートに連

れ込まれるという、映画や小説によくある状況をたのしんでいたが、それをこうしてたのしんでいられるのも、実の兄が相手だからだと思うと、満更でもなかったのである。

こうしているところへ、突然女がかえってきたので、状況は一変した。

毒々しい化粧をした派手な女で、一目で酒場の女とわかったが、兄が麗子を妹だと紹介すると、事件はそこで思いもかけない経過を辿《たど》るのである。

女は酔って青ざめていたが、兄の紹介の文句を冷笑して、はじめから信じない態度を露骨に見せ、留守の間に女を連れ込んだということをはじめは皮肉にやんわりと非難し、だんだん声も高くなって、

「妹なんて本当に厚かましいわ」

と言い出した。それから兄との間に、聞くに耐えぬ口汚ない口論がはじまり、居たたまれなくなった麗子が帰ろうとすると、女がどうしても帰らせない。そして酒を出して無理強いにすすめ、兄もやけっぱちの様子で呑《の》み、睨《にら》み合いながらの酒盛りになった。

「そう、どうしても妹だっていうんならいいわよ。そりゃあそれで、きれいな仲でしょうよ。どこまで行っても妹で通すというなら、私、こうして三人で閉じこもって十

日もここで籠城《ろうじょう》するからいいわ。それでも妹なら、あんた手を出す気にもならないから平気でしょ」

「ああ、平気だ」

と兄は答えたが、目は怒りを含んで危険に煌《きら》めいていた。

「妹なら、何も感じないわけね」と女はしつこくくりかえした。「だから何も感じないというところをよく見究《みきわ》めてから帰してあげるわ。それにはずいぶん時間がかかるけれどね」

二人の口論は酔いにつれて烈《はげ》しくなり、いつか麗子は、二人が同じ題目をばかり際限もなく言い合っているのを聴《き》いた。

「妹なら何も感じないんでしょう。そんなあいまいなことで妹だって証明できるんだから便利なもんね。この人が妹だって証拠がどこにあるのよ。戸籍抄本でも肌身離さず持ってるんなら別だけど」

「証明する方法は何もないさ。しかし妹なんだから、仕方がないだろう」

「証明する方法がなくて、どうして私に妹だってわからせる気？　そりゃ無理じゃないの。これで『妹じゃない』って証明なら、私の目の前で一緒に寝てみせればいいんだから、簡単だけどさ」

「へえ、一緒に寝てみせれば妹じゃないってわけか」

「当り前じゃないの。動物じゃあるまいし」

「それでどうして妹じゃないってことがわかるんだ？　一緒に寝たって妹は妹さ」

「へえ、面白いわね。そんなら私の怒る根拠がなくなるわけね。私はあんた方が見えすいた嘘をついてるから怒ってるんだけど、そうなったら、あんた方が正直だってことになって、怒る私がバカになるだけね。一緒に寝たって妹は妹か？　ずいぶん都合のいい兄妹だわね」

「俺はただ兄妹だから兄妹だと言ってるんだ。都合のいいもわるいもあるもんか。え？　お前は俺の妹を妹じゃなくて、どうしても色女と思いたいんだろう？　そうだろう？　そんならお前の好きなようにしてやろうじゃないか？　しかし依然妹は妹だが、その証明の方法はないんだ」

二人の口争いは陰性で、酔い方も底へ沈んでゆくような暗い酔い方だった。兄が手を上げないのが麗子には意外だったが、きいているうちに、二人は人間のもっとも暗い根本的な問題について論争しているように思われた。兄と彼女とが兄妹であることを証明するものが、役所の一片の書類のほか何もないことを女は揶揄《やゆ》している。これはもっとも痛烈な揶揄で、女は同時に自分と麗子の兄との肉体的なつながりの薄弱さを、内攻的にねちねちと責め立てているらしく、彼女はどうしても、兄妹などという嘘ッ八の言訳よりも、人間の肉体関係のほうを信じたく、その嫉妬《しっと》が深まれば深まるほど、互角の勝負で行きたいと思うらしい。彼女は欺瞞《ぎまん》を欺瞞のままですませられる性質《たち》ではなく、どうしてもこの目で確証を握りたいのだった。

「あなたの気に入らないところは、女は嘘で欺《だま》し通せば欺し通せると思っているところだわ。妹だ妹だで白《しら》を切れば切りとおせるなんて、いやだ、あんたたち、ちっとも顔が似ていないじゃないの」

「じゃ、どうしろというんだ」と兄は額に青筋を立てながら、妙に静かだった。「こいつと俺《おれ》が、お前の前で立派に寝てみせれば、それで気がすむと言うんか」

「そりゃすむわよ。妹という嘘はそれで型なしになるものね」

「それでも型なしにならなかったらどうする？」

「疑ってもキリがないから、そこまでやめとくわ」

「そんならはじめからつまらねえ疑いはやめて、妹と信じたらいいじゃないか」

「ダメ。私はきれいごとはきらいなんだ」

「じゃ見《ま》てろ」

会話が間のびしていながら、妙に殺気立ってきているのを麗子は感じていたが、兄のうしろに隠れるように坐《すわ》っているうちに、この「じゃ見てろ」という言葉と同時に、酔った兄が身をひねって、いきなり腕をのばして来たのにおどろかされた。避ける暇もなく、麗子は固く抱きしめられると、永い、息のとまりそうな接吻《せっぷん》をされた。それは世にも恥かしい怖ろしい接吻だったが、麗子は瞬間その言語道断の甘さに目がくらんだ。

「だめよ。だめよ」

と女は濃い口紅の口をゆがめて笑っていた。

「そんなことじゃだめ。兄妹だって悪戯《いたずら》にキスぐらいするもの。つまりあんた方は立派な兄妹ね。どこまで行っても嘘ッ八よ。誰が信じるものですか」

酔いがこういう論理の混乱を招いたことも事実だが、嫉妬から出た喧嘩《けんか》が意地の張り合いになって、女はいつしか役割を変更して、麗子が本当の妹だと主張する側に廻《まわ》ってしまい、兄が却ってそれを否定する側に廻ってしまったようだった。

麗子は馴《な》れない酒に頭の芯《しん》が痛み、場所の感じが定かでなくなって、何か身の引きしまるような明るい光線の集中する小さな舞台に上っている感じがしたが、それほどすべてが非現実的であった。

「もっとよ。もっとよ。それじゃまだ妹程度だわ。嘘つき！」

と女は酒のコップの底で卓を叩いて囃《はや》した。

兄の手が自分の胸もとをひろげるのを麗子は夢うつつに感じ、兄の歯が乳房を軽く噛むのを感じた。「もっとよ。もっとよ」と叫んでいる女の声が遠くきこえた。酔った兄の体は燃える石炭のように、倒れた麗子の体の上に積まれた。

37

……そこまできいたとき、私の中に或る利己的な失望が生れたことを、私はこの際告白しておく必要があると信ずる。

それは潜在意識の奥底を探り当てたつもりでいた私が、意外にも、精妙さも神秘も欠けたところの現実の一事件に、突然直面させられたという失望である。一見そこには何らの心理も精神もなく、酔いと絶望とが掻《か》き立てた一つの獣的な行為があるばかりであった。

もちろんそれは、断じて衝動的行為とは言えない。人間はいかなる状況においても、実の妹を人前で犯すというような行為を、衝動によってたやすく実現するものではない。もし兄の心理にすこし深入りしてみれば、兄には妹に対する屈折した自虐《じぎゃく》的な愛情があって、自分のみじめな堕落した生活をとことんまで妹の目に見せた上で、一転して、妹に対して攻撃に出たものと思われる。それはいわば自分自身に対する復讐《ふくしゅう》の行為とも言えたであろう。

私はふたたびビンスワンゲルによって創始された「現存在分析」(Daseinsanalyse)の精神病理学を思い出したが、それはハイデッガーやヤスパースの実存主義的存在論に啓示された学説とはいえ、根本は、それまでの精神分析学があまりにもわれわれの愛の体験に背馳《はいち》し、科学的偏見に充ちていたことへの反動として、われわれ誰《だれ》もが知っている愛の体験の深さに、ふたたび素直に帰ってきて、人間を見直そうと試みる学問的努力に他《ほか》ならない。われわれは誰が何と言おうと、愛が人間の心にひらめかす稲妻と、瞥見《べっけん》させる夜の青空とを、知っており、見ているのである。

そう思ってみると、なるほど麗子の兄の獣的な行為は決して世間普通の愛の行為とは言えないけれども、麗子はこの怖ろしい恥かしい状況に於《お》いて「自我と世界関係との統一」の幻を垣間《かいま》見なかったわけではない。それがみじめな、ふざけたやり方であったればこそ、それだけに、麗子は意識的にも、又、無意識的にも、兄への久しい間の夢と愛の実現は、このときを措《お》いてはないことを感じていたのかもしれない。

私がこの手記の冒頭で読者にしかと心に銘記してほしいと望んだことを、もう一度思い出していただきたい。それは「性の世界では、万人向きの幸福というものはない」という一つの法則である。

麗子が屈辱と恐怖の奥に、もっとも甘い快感を見出した、と私は言おうとしているのではない。その後の麗子にも固定したマゾヒズムの徴候はさして見られないのである。ただこんな異常な行為の奥底に、麗子が兄の、或る切実なやさしさを感じとったとしてもふしぎはない。かつて麗子が少女時代にこの兄の手によって快感を教えられてから、彼女の心には、人間世界の掟《おきて》を突き抜けなければ達せられないところの、一つの言語道断な行為に対する準備がひそかに整えられていた。それははじめから道に外れたものであるから、道に外れた状況に於てしか遂げられないものであり、それはもともとが悪夢であるから、熱病の苦痛の中にしか現われないものだった。

彼女も兄も、二人ながらその愛の不可能を知っていたのである。死か、それともひどい悪ふざけか、この二つに一つがそれを成就させるであろう。だから麗子も、若い女らしい性の潔癖感を越えて、一度はそこに到達せねばならず、そこに到達するためならどんな汚辱もいとわないという心構えが、無意識のうちに出来ていたと察せられる。

一面から見れば、それはあまりに猥雑《わいざつ》であるために、猥雑を通り越して神聖になった一つの儀式のようなものであった。麗子はそのとき、人間の性のいとなみ、愛のやさしさの中にひそむ、或る神聖不可侵な本質を、この獣行を通じて感じ取ったのにちがいない。

……そこまで行くと、問題は精神分析を無限に離れてしまうが、麗子の不感症とヒステリーの原因が正にここにひそむことを知った瞬間、私はどんな不まじめな嘘《うそ》の裏にも、怖《おそ》ろしい人間性の問題が顔をのぞかせていることを感じないわけには行かなかった。誰でも彼女のような体験をすれば、その先あのような人生を辿ることは、ほぼ予定されていると言ってよかろう。

実際、神聖さと徹底的な猥雑さとは、いずれも「手をふれることができない」という意味で似ているのであって、麗子がこのとき感じた比類ない汚辱感が、やがて神聖さの記憶に転化されるのを、読者はのちに見られるであろう。……

………………。

兄と女のアパートから、麗子はどうやって逃げ帰ったかほとんど記憶がない。

S女子大の寄宿舎は、贅沢《ぜいたく》な部屋組で、二人一室であったが、同室の友は、門限ぎりぎりに帰ってきた麗子がまっ青な顔をして、倒れんばかりなのを、親切に介抱しようとして、却って手きびしく麗子にはねつけられたので、女らしい親切な復讐をした。

「きょうへんなニュースをきいたんだけど、舎監があなたに目をつけてるらしいわよ。

私、その噂《うわさ》をきいて本当に憤慨しちゃった。あなたのところへ面会に来たお兄さんのことを、あれは絶対に本当のお兄さんじゃなくて、ヤクザ者の恋人にちがいない。教育上の大問題だし、良家の子女をあずかるS女子大としても、黙視できない、なんて、あのオールド・ミスが吼《ほ》えてるらしいのよ。こんなことじゃ戦争前に逆戻りだわ」

この言葉がこの際の麗子を、どんなに傷つけたかは言うまでもない。

麗子はその晩眠られない筈《はず》だと思っていたが、却って浅い眠りに忽《たちま》ち落ちては覚め、たえず怖ろしい夢に悩まされた。あくる朝は頭痛がして、どうしても学校へ出たくなかったが、寮で寝ていれば舎監にも怪しまれ、又、兄がきのうの詫《わ》びに訪ねて来そうな不安もあったので、むりをして学校へ出て、まるで耳に入らない講義をきいた。

折から卒業試験が近づいており、麗子は毎日、寮へ兄が又訪ねて来はしないかという恐怖と、それから一抹《いちまつ》の期待とに責められながら、勉強をした。ある日、とうとう思い屈して、例のアパートを記憶をたよりに訪ねたとき、すでに兄も女もそこから引越したあとだということを知った。

すると、どうして兄は訪ねて来ないのだろう、という不可解な疑惑が生れ、兄の住所も二度とたしかめられない今になって、再びふしぎなあこがれの心が芽生えてきた。無残な一夜の記憶が、こうして少しずつ変貌《へんぼう》し、麗子は思い出すまい思い出すまいとしながらも、心を占めることは一つで、いつでも考えがそこへ戻りながら、次第にそこを掃き清め、自分を救うために、少しでもその記憶を美化し、浄化しようと思うようになっていた。彼女はそれを幻と考えることにしたが、もし幻と考えれば、下品な酒場の女との乱酔の果ての争いに、ヤクザの兄が妹を犯すという、あくどい幻ではなくて、象徴的な神聖な幻に変貌しなければならなかった。

酒場の女、兄の情婦、あの下品なガラガラ声の女は、そこで、一人の証人に変貌し、世間のあらゆる禁止と非難と挑発を代表していた。兄は司祭であり、麗子は無垢《むく》な処女の巫女《みこ》だった（実際に彼女が処女ではなかったことは、前にも述べたが）。そこで行われようとしている神聖なしかし怖ろしい儀式は、兄と麗子だけでできるものではなく、どうしても苛酷《かこく》な目撃者の目によって完成されるのだった。

次第にあのせまいアパートの一室は、小さな神殿の奥の間のように思いなされ、神秘的な光りがどこかからさし入って、三人の登場人物を照らし出していた。

兄の企ては、自分が世話になっている女を証人に仕立て、ふつうの月並な男女関係の嫉妬にじたばたしているこの女に、正に世俗の常識をこえた、次元のちがう性の神聖さの領域を目撃させてやることだった。麗子も形だけは拒みこそすれ、無意識のうちに、兄の乱酔の底にある企図を見抜き、それに同意していた。兄の手が麗子のスカートに触れ、麗子が固く目を閉じたとき、彼女はあんなに遠く離れながらたえず身近に感じていた兄その人の、若々しい体臭をかいだ。……

証人は世間を背に負って、毒々しい目で監視していたのだが、いよいよ兄が麗子を犯そうとしたとき、証人の勝利が正に確立されようとしながら、次の瞬間にはそれが崩《くず》れたのだった。『ここで、私の目の前で愛し合おうとしているのは、本当の兄妹だ』という直感が彼女に生れた。あばずれの彼女の体も恐怖に慄《ふる》えた。そしてあわてて手をさしのべて、二人を止めようとした。しかしすでに、兄と麗子の目には他人の世界は滅び、証人の女一人を遠くこの世にのこして、無限の深い淵《ふち》へ沈んで行きつつあった。証人の女はその底を見て、目がくらみ、立ちすくんだ。止めようとしても、すでに時は遅いことを彼女は感じた。……

これは、神殿のほの明りの中でだけ起る奇蹟《きせき》で、証人の女が世間へ戻って、誰に告げても信じられることではない。証人の女は、奇蹟と世間の間にあって、一人ぼっちになってしまうだけなのだ。しかし彼女の役割は重要で、たとえ誰にも信じられず、自分の目すら信じられなくても、奇蹟は証人を要求するのだ。

——麗子にはこの世のことが、それ以来、何もかもつまらなくなってしまった。常識的に考えれば、兄はあんな行為を心に深く恥じて身を隠したのであろうが、兄のいる東京はどうしても離れたくなかった。国へかえって結婚でもしてしまえば、もう永久に兄に会うチャンスはなくなるのである。東京にいさえすれば、又いつか、兄は神のようにその汚れた姿をさわやかに現わすかもしれなかった。

38

麗子が卒業後、両親の反対にもかかわらず、一流の貿易会社に就職して、そこで江上隆一に会うことになった経過は、前述したとおりである。

私にとってもう一つの疑問は、彼女の分析にしばしば意味ありげにあらわれる鋏《はさみ》の象徴であったが、それについても私は質問の手をゆるめなかった。

鋏が民俗学的に、女の裁縫の仕事の道具として、単純に女を象徴するものとされていたことは、私がある民俗学者の本で読んだところでも明らかで、塩釜《しおがま》近くの多賀城の荒脛《あらはばき》神社では、男の宮にファリック・シンボルを祭り、女の宮には鉄の鋏を提げているとのことである。

彼女がその象徴をたえずちらつかせた意味が、今ようやくわかったのであるが、彼女はそれを以て、私にこの最後の事実を察してもらいたがっていたのであった。そんな思わせぶりがすべて意識的な企図でなかったのはもちろん、純然たる無意識の作用でもなかったことは、一しお興味のある点で、麗子ケースに関する限り、精神分析学は一つの発見をしたとさえ言える。

すなわち強度のヒステリー性格は、受動的に潜在意識に動かされるだけではなく、無意識のうちに識閾下の象徴を積極的に利用するということである。これは口のきけないものがハンカチを振って助けを呼ぶようなもので、彼女はずっと前からＳＯＳの信号を出していたのだが、私には不敏にしてなかなか読みとれなかったわけである。

鋏とは何であったか？

ここに麗子が述べた言葉は、分析学者の象徴的意味づけを越えたところの純粋な物象としての鋏を語っており、もはやその鋏は、日常の用具ではなくて、人間社会から独立し、むしろそれに対立するところの、不気味な「物」の世界を語っているのである。

「……そうなんです。鋏のことをやっと素直にお話できるような気がしますわ。

私が兄とそんな具合になっていたとき、心の中は気がちがいそうな混乱で、それを憎しみと名附けてよいものやら、恥かしさと呼んでよいものやら、こうしてむりやり自分を締めつける兄の腕の力になつかしさを感じていたと言ってよいものやら、自分では何もわからない状態でした。考えてみれば、それは私が、伯母と兄の情事を見てから、ずっと心に持ちつづけていた感情が、たちまち倍加されただけのことで、兄に対してあれ以後他の感情を持ったおぼえはないのですが、そのときはとてもそんな分析のゆとりはありませんでした。

私はただただあの女の毒々しい目が不安でおそろしく、一刻も早く兄の抱擁《ほうよう》をのがれて逃げ出したい思いで一杯だったと言っても嘘ではありません。

そのとき、羽交《はが》い締めにされて全身ではむかいながら、頭をごろごろところがしているうちに、目のはじに何かキラッと光るものが映りました。

ベッドのそばに造りつけの本棚があって、そこに本だの小物だのが雑然と置かれているなかに、私にはその光るものが、西洋鋏だとわかったのです。私は頭をわざとそのほうへころがして行き、そっと手をのばしてみました。押えられている右手が自由になったとき、兄はもう体で私の上半身を押えつけているだけで、兄の腕は私の両腕をとらえていないことを知ったのです。

私は鋏を手にとって、女に見られぬように、枕の下に隠すだけの余裕がありました。部屋は薄暗かったし、女はまたひどく酔って、あらぬ方へ目をとられていたのです。

私はそんなに混乱していながら、後頭部だけが氷のように冷えていて、ひどく冷静に、こんな考えを追っていました。

『いいわ。今はするようにさせてあげる。でもいよいよという行為に移ったとき、私はこの鋏でお兄さんを刺し殺そう。思い切って鋏をふりあげて、お兄さんの頸筋《くびすじ》へ突き立てればきっと死ぬわ。そうしたあとでは、私も死ねばいいんだし、こうして兄妹が死んでしまえば、きっと清らかな夢が未来に結ばれ、お兄さんも私も本当の夢が叶《かな》えられるんだから』

でも、あとで思うと、こんな冷静な考えが曲者《くせもの》だったんです。これがいけなかったんです。もし兄を本当に刺し殺す気なら、鋏を手にとった瞬間に、そうしているべきだったんです。

枕の下でじっと鋏を握りながら、ああ、先生、私はとうとうそれを使うことができませんでした。それを使ったら天国へ行けた筈の鋏を、使わなかったばかりに地獄へ堕《お》ちてしまいました。どうして使えなかったのでしょう。それを思うと、私は今でも身が凍りそうな気がします。兄の粗暴な中にも繊細な指のうごきから、私は急に小学校三年のときのあの感覚を思い出していたのです。忘れがたい、そしていつかもう一度くりかえしたいと、恥らいながら待ちに待っていた感覚を。

何てあさましいことだと思いながら、鋏は私の指の中でカチカチと慄え、私は枕ごしに、私の良心を裏切った鋏の、そのひそかな、可愛《かわい》らしい鳴音《なきね》をききました。私はその鋏を憎みました。ああ、この鋏のせいだ。鋏が働らかなかったので、こんなことになってしまった、と私はすべてを鋏の科《とが》にしました。それを指に保っているのが辛《つら》くなって、とうとう私は、鋏をそっとベッドと壁の間へ滑らせました。鋏は音もなくその暗い淵へ落ちて行きました。

先生、そのとき私は決定的に良心を失い、破廉恥《はれんち》な女になったのですわ。私はもう地獄に身を委《まか》せてしまいました。誰《だれ》のためでもない、あの鋏のおかげで！

それ以来、鋏は私の夢にたびたびあらわれ、他愛のない幼時の記憶とも結びつき、いつも私の良心をおびやかす象徴になったんです。わかっていただけますわね」

……こういう麗子の述懐を、私は息もつがずにきいた。

これこそは人間の真実の告白でなくて何であろう。これを嘘と疑うようでは、分析医の大ぜいの人に接してきた経歴を無にするようなものである。

「わかりました。よく言いにくいことを言ってくれました」と私は職業意識を離れ、いじけた哀れな恋心をも離れて、感激を面《おもて》にあらわして言った。「それですべての謎《なぞ》が解けました。それ以来のあなたの歴史は、すべてその一夜の記憶からのがれたい、正常な女に戻《もど》りたい、地獄から這《は》い出したい、という一途《いちず》の願望だったのですね。よくわかりました。

しかし、いつもその願望を、冷感症が邪魔をしに来て、その戦いがあなたのヒステリー症状をつのらせたのでした。冷感症とは、つまり、あなたの意識と意志とをあざけり笑うように、無意識のあなたが、兄さんとの快い音楽の記憶を保ちたがっているということのあらわれでした。

そうです。あなたは地獄の音楽をきいてしまったのですね。その地獄の音楽から離れようとするたびに、あなたの耳は、音楽をきこうとしなくなったのですね。そして時折あなたの耳によみがえる音楽は、極端なみじめさか極端な怖ろしい神聖さ、つまり地獄に関係のある状況に直面したときだけだったのですね。悪臭を放つ瀕死《ひんし》の病人の床に侍《はべ》っているときか、哀れな不能の男を傍《かたわ》らに置いているときか、……そういう地獄の状況だけがあなた自身を神聖化し、あのときの記憶に結びつけて、再び音楽を耳にひびかせたというわけですね。この世の明るい音楽は、どうしてもあなたの耳に届くことができなかったのも尤《もっと》もです。

よろしい。すべては解決の緒《ちょ》につきました。今日すぐにとはいえないが、必ず私はあなたの耳に、この世の明るい音楽をきかせてあげます。私をどうか信頼して下さい」

そう言いながら私は、どうして何の具体的方策も持たず、確信も持たないで、そんなに断言できるのか、われながらふしぎに思った。

「いいですか。これからはすべて素直な気持で、あせらずに、何も自分を異様な人間と思わずに暮さなくちゃいけません。地獄の音楽を避けようとして急に無理をしてはいけないし（そうすれば必ずヒステリーが復讐《ふくしゅう》してきます）、又、わざわざ地獄の音楽をきこうとして他人の人生を傷つけてもいけません」

「はい。ありがとうございます」

と麗子はうなずいたが、その頰《ほお》はすっかり涙《なみだ》に濡《ぬ》れていた。

「本当に……何てお礼を申上げていいかわかりません。私のような者に、こんなに親切にしていただいて。でも先生、わかって下さいましね。これを申上げるまでには、私はずいぶん苦しみました。先生にはじめてお目にかかってから今までに起ったことは、これだけは先生に申上げまいという、はかない努力と足掻《あが》きから出たことだと思います。……でも今では、申上げてしまって本当によかったと思います。これで先生、私はこれから幸福になれるのでしょうか」

「そうとも一概に言えません。まだいくつかの手続が要《い》ります。とにかくあせってはいけませんよ。ゆっくりゆっくりやりましょう。時には荒療治にも耐えて」

「これ以上の荒療治があるでしょうか」

「それはあるかもしれません。しかし今ではあなたはそれに耐える力を持っていますよ」

と私は、もはや、かよわい患者に対する限りない同情と愛とを以て、彼女を眺《なが》めていた。そのとき私には、すべて恋心に似たものは一切拭《ぬぐ》いさられ、一時はあれほど熱を帯びていた感情が、今ではみんな不まじめなものに思いなされた。

私は彼女を分析室から送り出す前に、一寸の間彼女をそこに残して、隆一青年のところへ話しに行った。彼はもちろん映画にも行かず、待合室でじっと待っていて、私の姿を見ると緊張して立上った。

「すべて解決の緒がつきました。あの人は非常に不幸な女性です。私が思っていたよりはるかに不幸な女性です。あの人を幸福にしてあげられるのはあなたしかありません。そのために、……いいですか、特例ですが、あしたあなたに、彼女の分析内容を全部話してあげます。今やあなたの助力が第一に必要だからです。しかし麗子さんには、そのことは一切秘密にしてもらわなければなりません。

今日も一切、彼女には訊《き》かないと約束して下さい。ただやさしく、いたわって上げて下さい。もしあなたが今も麗子さんを愛しているなら」

「はい」

と青年はきっぱりした口調で答え、その簡潔なたのもしい返事から、私はますますこの青年に厚意を持った。

――あくる日の会社の昼休みに、彼はあたふたと私の診療所へ飛び込んできた。

「先生、約束のお話を早速おねがいします」

「それより、昨夜の彼女はいかがでした？」

「実に安らかに眠っていました。童女のように。僕《ぼく》は彼女のあんなにおだやかな充《み》ち足りた寝顔は見たことがありません」

「それはよかった」

と私は分析室へ彼を伴って逐一を話した。女の直感というものは怖《おそ》ろしいもので、その隆一を案内する態度から、私への応対から、明美は昨夜を堺《さかい》に実にやさしく親切になり、昔ながらの気持のよい事務的なにこやかさを湛《たた》えていた。

一部始終をきいた青年は、麗子の過去に対して反撥《はんぱつ》を示すどころか、深い同情の色を見せたので、私はこの男の心のひろさにますます信頼した。

「そして、このあとは先生はどうされるつもりです。僕もできるだけ協力しますが」

「彼女の兄さんを探し出して、あなたと私と立会のもとに、麗子さんを対決させるのです」

「え？　そんな危険な……」

「危険でも、それ以外に方法はありません」

「しかし、住所もわからぬ男を……」

「それですよね、問題は……」

この人口一千万の大都会からどうして麗子の兄を探し出すか、私に何の目算があるわけでもなかったが、思いがけない機会は、やがて向うからやって来たのである。

39

私の例の決定的な分析以後、麗子の生活にはよい影響があらわれていた。

少くとも外見的には、彼女は地方から出てきて結婚生活をつつましやかに準備しているBGらしい生活をはじめた。あの衝動的な、あたかも魔宴の連続のような生活は革《あらた》められた。隆一の世話で小さな会社に就職し、郊外に素人下宿を探してそこに住んだ。隆一と同じ職場でなくなったことは、二人のいずれにとっても良いことであり、又、二人がずるずると同棲《どうせい》したりするのはいけないから、一旦《いったん》さっぱり別々に暮すべきだ、という忠告が容《い》れられたのも結構な次第であった。もちろんこんな忠告に、私の嫉妬《しっと》の片鱗《へんりん》もひそんでいなかったことを、今の私は朗らかに確信することができる。

麗子がごまかしと嘘《うそ》の天才を発揮したのは、ただ分析治療に際してだけではなく、甲府市の親たちも完全に彼女のペースに乗せられていた。又従兄《またいとこ》が死んで上京してから今日まで、四カ月経《た》っているわけであるが、この四カ月のあいだ、彼女は花井青年とあんないきさつがありながら、親許《おやもと》へは綿々と手紙を書きつづけていたのである。又こういう女性には恰好《かっこう》な友だちがいるもので、麗子は自分が今国許へ本当の住所を知らせられない事情があるという巧《うま》い口実を使って、お人よしの学校友達をだまし、その家へ下宿していることにしてもらって、しばしばの手紙や送金をうけとり、しかも親が心配して上京して来ないようにあらゆる手を打ちつづけていた。こういうことの知恵の廻《まわ》り具合については私も舌を巻いたが、善良な隆一青年には、彼女のそういう面については話さずにおいた。人間が自分の全存在を賭《か》けた性的実験のためにはあらゆる奸策《かんさく》を弄《ろう》しうることは、男女を問わない。しかしそのようないわば純粋目的のための奸策は、必ずしもその人間の不誠実の証明とはならないのである。これは権謀術数の名参謀将校が、よき父、よき良人でもありうるようなものであって、彼女のこのような嘘は、隆一青年に対しては無害でありうると考えるほどに、私は患者への信頼を深めていたわけだが、これは同時に、多少は隆一青年も知らない麗子の秘密を保持しておきたかったという私の姑息《こそく》な欲望を否定し去る材料にはなるまい。

麗子が父母へ書きつづけた手紙には、いつも次のような決り文句がついていた。

「もう少し一人きりにしておいて下さい。今お父様やお母様のお顔を見たら、又悲しみを呼びさまされて、もとの自分にずるずる戻って行きそうで怖いのです。ここのお家の方はみな親切にして下さいますし、何の心配も要りません。疑いもなく私の精神状態は快方に向っています。もう少しの辛抱です。そのうちきっと、晴れやかな顔をお目にかけることができますまで、それまでそっとしておいて下さい。文通は必ずつづけます。今、強いて私に会いに来られると、取り返しのつかないことになりますよ。……それから送金の件は、何やかやと心を慰めるには先《ま》ずお金が要りますので、できるだけ沢山、おねがいね！」

東京の両親はまずこんな手管《てくだ》には乗らぬものだが、地方にはまだまだこういう娘の要求を鵜《う》呑《の》みにする裕福な両親が少なくない。まして、又従兄の死後、かれらは娘をまるで腫《は》れ物にさわるように扱っていたのである。

40

さて、麗子の兄の所在が、あの怖ろしい一夜から三年ちかくも経った今になって、どうしてわかったかを語らねばならない。

実際のところ、兄が果して東京にいるのかどうかさえ疑われたのであるが、もし東京にいるとすれば、あのような生活の果てに、彼がどのような場所へ堕《お》ちてゆくかは、常識で考えても、想像のつかぬことではなかった。しかし、いくら想像が及んだところで、私は一介の精神分析学者にすぎず、人間精神の暗黒面にはこれでも精通しているつもりだが、社会の暗黒面については、何も知らないのである。

梅雨から盛夏にかけて、麗子のヒステリー症状は治まり、隆一と一緒にプールへ泳ぎに出かけたり、すべてに健康そうな外見を取り戻した。隆一は私の忠告に従って、麗子との間に静かな精神的愛情を取り戻すことに努め、肉体的交渉は、(たとえ麗子のほうから例の焦躁《しょうそう》にかられて求めてきても)、できるだけ避けるように心を配っていた。これらすべては良い結果をもたらしているように見えた。が、それですべてが解決したわけではないことは、言うまでもなかった。麗子がこの禁欲生活のうちに、自分の不感の固定観念を忘れていられるのはよいことだが、それは次には、不感症からの完全な回復を夢みさせ、その夢が次の固定観念になり、ましてその結果、隆一がついに彼女の不感を癒《い》やさぬことを彼女が身を以《もっ》て知るような機会が来れば、その落胆、その幻滅が、彼女をさらに深い淵《ふち》へ追い落すことは知れているのだ。そして私はこのままのみせかけの平和から、自然に彼女が癒やされていくと信じるほどに楽天的ではなかった。……とすれば、私は少しも早く何らかの有効な手を打たねばならなかった。

こうして夏のあいだ、隆一や麗子と、私は友達附合《づきあい》をつづけており、これについてはもちろん明美も異存はなかった。時には四人で映画を見に出かけることもあり、患者とこんな風な附合に入ったのは、私としてもはじめての経験であった。明美もすっかり麗子の悪口を言わなくなり、時にはわざわざ以前の説を訂正するようなことさえ言った。

「やっぱりああいう風に嘘ばっかりつく子は、心の中は弱い可哀想《かわいそう》な子なのね。私なんか、一度も嘘をついたことがないから、それだけ強い女なのかもしれないわ」

私は勝手に言わせておいたが、精神分析を待つまでもなく、人間のつく嘘のうちで、「一度も嘘をついたことがない」というのは、おそらく最大の嘘である。

私は又、自分の学問の上でも、自分に新しい転機の近づきつつあることを感じていた。例の現存在分析《ダーザインスアナリーゼ》の方法は、たしかに人間の実存を洞察《どうさつ》しており、人間学的方法と科学的方法とのみごとな綜合《そうごう》を達成しているように見えるが、一方、実際上の治療の決め手としては、多少弱いところがある。すなわち、ひとたび実存主義的見地に立てば、「正常な」人間の実存も、異常な人間の実存も、「愛の全体性への到達」の欲求においては等価であるから、フロイトのように、一方に正常の基準を置き、一方に要治療の退行現象を置くような、アコギな真似《まね》はできない筈《はず》である。つまりそれはあまりにも、科学的実証主義のものわかりのわるさを捨てすぎたのである。

麗子ケースの経過をつくづくふりかえってみると、私には分析の極点に、何か一つ「現実」の契機が助けに来てくれることが必要だ、という感に搏《う》たれる。それはあるいは科学の敗北かもしれないが、われわれの患者はそれぞれの仕方でかれらの「現実」を喪失しているのであって、現実回復のための、いわば電気ショック療法のようなものとして、何らかの「生《なま》な」「裸な」現実の助力がなければならない。それは一種の触媒のように働いて、一旦分析によってバラバラにされたものを一挙に綜合して、生ける存在とするために協力するであろう。この手荒な綜合の前提として、徹底的な分析が必要なことはいうまでもないが、問題は分析は分析室でいくらでも追究できるのに、最後の仕上の綜合力は、いつ来るともしれぬ現実の出現に俟《ま》たなければならぬのだ。

……さて、九月のまだ蒸暑い或る午前のこと、診療所へ急に麗子から電話がかかってきた。

「おはようございます。麗子です」

「やあ、元気ですか」

「おかげ様で。……あのね、先生、ゆうべ夜十時五分からのMFKテレビのドキュメンタリー番組をごらんになりました？」

「いや」

「それを見てすぐお電話したかったんですけど、夜おそいから御遠慮して、今朝早速おかけしましたの。『山谷《さんや》の生態』という題なんですけど、先週の山谷のドヤ街の騒動に取材しているんです」

「へえ、あなたは変ったものを見るんですね」

「あの番組は毎週、ふつうでは見られないものを見せるんで評判なんですわ。先生、御存知ないの？」

「いや、知りませんでした」

「それでとうとう、私、兄を発見したんです」

「え？」

「テレビに一瞬大写しで、交番襲撃の人たちの顔が映ったんです。あれはたしかに兄ですわ。絶対にまちがいがありません。私の目が見たんですもの。見まちがえようがありません。先生、私はとうとう兄の居場所を見つけました。先生もそれを探していらしたんでしょう」

41

それからその不穏な地域へ入り込むために、われわれがどんな準備を重ねたか、冗々《くどくど》しく言うにも当るまい。慎重に慎重を期したのはたしかだが、女連れはいかにも危険なところときいており、麗子本人は仕方がないにしても、明美にだけは遠慮してもらいたかったが、すでに四人一組の連帯感を抱いてしまった明美は、てこでも動かなかった。

「いざとなったら、私があなたを護《まも》ってあげる。麻酔剤の注射器をしのばせて行って、危害を加えそうな人間がいたら、うしろからいきなり寄ってプスッと注射してやるわ。私がどんなに注射が巧いか、わかってるでしょう」

「とんでもないことを考えてはいけない。君はじっと大人しくついて来ればいいんだ」

私は隆一と相談し、手分けをして伝手《つて》を探し、精神分析の取材に来て親しくなった週刊誌の記者にたのんで、身の安全を守る案内役を紹介してもらった。この人は山谷には古い顔役であるが、むかしから人足の差配をしているおじいさんともよく知っているとのことで、人を探すなら、前にもたのまれたことがあるから、きっと探し出してあげられるだろう、と力強く請け合った。こうして、私は柄《がら》にもなく、社会探訪に出かけることになり、安全な研究室の中から、危険な人間世界の奥底へ入り込むめぐり合せになった。思えば、人間の無意識の底にひそむ心の危険と、社会の底辺にひそむ肉体の危険とを比べ、人間性の深淵《しんえん》にひそむ悪と、社会の最下層にわだかまる悪とを照合し、その人間の心の裏側と社会の裏側とに同じように精通することは、われわれ分析学者にとって、ねがってもない機会かもしれないのである。それというのも、社会構造の最下部には、あたかも個人個人の心の無意識の部分のように、おもてむきの社会では決して口に出されることのない欲望が大っぴらに表明され、法律や社会規範にとらわれない人間のもっとも奔放な夢が、あらわな顔をさし出しているからだ。そして同時に、そこにはあらゆる種類の社会的不適応が堆積《たいせき》している筈であり、それも社会人の夢のなかに、あらゆる退行現象が巣喰《すく》っているのと同じことなのである。

九月半ばの或《あ》る日のこと、われわれ四人はそれぞれできるだけ汚ない服装に身をやつし、案内者と待合せる場末の喫茶店に、夜の八時に集まった。

われわれはまずそれぞれの変装を批評して笑った。

私は菜っ葉ズボンに、抽斗《ひきだし》の奥から引張りだした皺《しわ》だらけの開襟《かいきん》シャツを着ており、明美もすっかりお化粧を落して、粗末な黒サージのスラックスに、灰いろのブラウスを着て、この一組の姿は、落ちぶれたハイカラな芸術家夫婦と言ったところだったろう。

それに引き代えボート部OBの隆一は、ボタン留のちぢみのシャツの上から腹に晒《さらし》を巻き、ニッカボッカに地下足袋という風体が、みるからに逞《たくま》しく、これなら一人前の肉体労働者で通用しそうで、私も大いによき用心棒を得た気がして安心した。白粉気《おしろいけ》一つない麗子は、髪もうしろに引っつめ、古ぼけた緑の事務服の上っぱりを着て、素足にゴム草履《ぞうり》を穿《は》いていたが、このふしぎな美しさは、改めて彼女を見直させた。そのいつもの驕慢《きょうまん》な顔つきは失われ、ひどくあどけなく、素肌の美しさには何かはかないほどの感じがあって、彼女は処女の特徴を一つも失っていないように見えた。考えようによっては、この水晶のように不感の女は、(あの兄との怖ろしい一夜をも含めて)、ついに人生と現実から汚されたことがなかった、と言えるかもしれない。

やがて案内者の中年の人物が来て、私たちに挨拶《あいさつ》した。彼もみすぼらしい恰好《かっこう》をしていたが、これは甚《はなは》だ自然に見え、われわれの仰々しい仮装行列とはさすがにちがっていた。

「こんなきれいなお姉さんの兄さんが山谷にいるんですかねえ。信じられませんねえ」

と彼は言った。そして眼鏡をかけて少しでもその美しさを隠すがいいと忠告したが、麗子がそう言われると、すぐさま内かくしから素透しの眼鏡を出して、かけてみせたのにはおどろいた。

おそらくそこには明美に対する微妙な女らしい配慮が働らいていて、彼女は眼鏡を用意してきながら、それをかけるのをためらっていたのであろう。眼鏡をかけなくては損なわれないほどの美しさだと、自分でも思っていると、同性の明美から思われかねないことを心配して。

42

案内者は地図をひろげてまず説明したが、浅草山谷町の都電停留所と泪橋《なみだばし》の停留所との間の左右にまたがる山谷は、西側がやや高級で、春を売る女とそのヒモにあふれているのに比して、東側には多少とも色めいた空気が乏しく、もっとも荒くれた地域なのだそうである。

山谷はむかしは肉体労働者ばかりの男の町であったが、今は私娼《ししょう》の巣ともいえる女の町になりかけており、女たちは遠くは大宮まで稼《かせ》ぎに出かけるが、それには必ず男の寄食者がいて、女はその自由意志をうばわれ、苛酷《かこく》な男にかかれば、冬空の下に終日立ちとおして足も紫色になり、稼ぎがわるいと日にコッペパン三コしか与えられない、というのである。

四人はそういう生活に、自分たちがいままでぶつかって来た微妙で複雑な性の世界を比べてみた。どちらが人間の生活として悲惨であるか、私たちにはもうわからなくなっていた。おそらく麗子も同じ感じを受けたにちがいない。荒々しい動物的な悲惨と、もう一つの側の繊細なレースのような悲惨と、……しかも麗子はその双方に関わりを持つ運命を持って生れたのである。

四人は案内者と共にタクシーに乗ったが、近づく事態を思って麗子は黙りがちになり、隆一はその肩に手をかけてやさしくいたわっていた。明美はというと、新しい世界への好奇心にかられて目をかがやかせていた。私はただ、自分の果断による実験が人間心理の深層にいかに効果的に作用するかという、一つの期待に慄《ふる》えていた。

タクシーを山谷からかなり離れたところで止めると、私たちは三々五々、山谷四丁目のかなり広い通りへ入って行った。

まだむしあつさの残っている曇った夜であった。しかしここらあたりは意外に行人の影が少なかった。

「あせらなくていいですよ。しばらく、ぶらぶら歩き廻《まわ》って、あっちこっちをそれとなくのぞいてみることです。それでも見つからなかったら、私の知人の『おじいさん』に会いに行けばよろしい。一ト月以上ここに住んでいる人間の顔なら、おじいさんがみんな知っています。……たとえ今夜みつからなくても、二三度来てみるうちには必ずみつかりますよ」

と案内者は言って、先に立つでもなく、ぶらぶらと歩いて行った。それはいかにもこの土地に馴《な》れた歩き方で、用ありげに急ぎもせず、立止ったり、のんびりと引返したりした。町角には必ず数人が立話をしているので、四人のそぞろ歩きや、時折立止ってあたりを見廻す様子もそんなに目立たないように思われるが、幾度か麗子の横顔は男たちの鋭い目で見つめられた。

異様な匂《にお》いが、低く垂れた雲と共に、この町に立ちこめていた。柳の下に軒灯をせり出した宿が並び、親切勉強主義などというモットーを宿の名に冠し、一泊三百二十円、二人室一人百六十円などと、入口の硝子《ガラス》戸に赤いペンキで書き入れてあった。

歩くにつれて人通りの多い一劃《いっかく》へ出、酔っぱらいが多くて足取りが乱れているので、われわれはたえず人にぶつかられる心配をしなくてはならなかった。歩く人たちは幾種類かにたやすく分けられた。明らかに肉体労働者とわかる筋骨逞ましい男たちと、ひどく憔悴《しょうすい》した感じのひよわな男たちと、それから、着ているもののパリッとした遊び人たち。それら汚れた男たちの群のなかを、一つの白い帆が横切るように、麗子の横顔がすぎてゆくさまは、いやでも人目に立った。

この人たちの自由な起居、人もなげな立ち話、（私はたしかに、「人を殺したんで……」云々《うんぬん》という片言隻句《へんげんせっく》を耳に入れた）、それから自由自在な服装、緑いろの腹巻だの、袖《そで》の半分とれたシャツだの、……これらのものを見ているうちに、私も何だか、自分のやっている文明の末梢《まっしょう》神経とかかずり合う仕事が、ひどくうとましく思われてきた。以前、相当な弁護士が、公金費消で資格を剝奪《はくだつ》され、ここへ落ちてきて余生を送ったという話をきいたことがあったが、彼はここの住人となるために、わざとそんな犯罪を犯したのではないかとさえ想像された。私の診療所へあらわれる患者は、全くこういう動物的な社会とは縁のない連中ばかりなのに、ただ麗子が現われて、自然に私をここへ導いて来たのだとすると、麗子はどこかから私の盲点を指摘するために遣《つか》わされた使者のような気がした。

「ここの連中は今時分は、大てい寝床で寝ころがっているか、屋台で呑《の》んでるかです。テレビなんかあんまり見ませんよ。だからこうして路上で知った顔にいくらでも会うことができるんです」

と案内者は、通りすがりの中年の男に挨拶の手を軽くあげながら言った。

さし迫る身の危険は感じられず、人々はわれわれに大した関心は払っていない様子だった。道ばたには十円寿司や、うどん屋などの屋台があり、せまい縁台に腰かけて酒を呑んでいる人たちがあった。

その一つのおでん屋に、背中に赤ん坊をぞんざいにくくりつけ、コップ酒を呑んでいる男の姿があったので、われわれは当然目を惹《ひ》かれた。生後五カ月ぐらいの赤ん坊は、体を斜めに、負《おぶ》い紐《ひも》から乗り出して、口をあけて眠っている。男は汚れたワイシャツを着て、米軍の古着らしいカーキいろのズボンをはいている。首筋が貧しげで、肉体労働に耐えられるような体には見えない。

「ああいうのはね」と案内者が私の耳もとで説明した。「自分の女房に前《まえ》を売らせて、その代り子供の世話を引受けて、一日ブラブラしている男の典型ですよ。可哀想にかみさんは、どこかの町角に一日立ち暮し、稼ぎがわるければ、帰ってきてから自分の子供も満足に抱かせてもらえないんです」

男が首を曲げて、背中の子供を背負い直そうとしたとき、その蒼白《あおじろ》い横顔を見て、麗子が体を固くしたのがわかった。

「まさか……」

と私が低声で言うのに、

「いいえ。たしかにそうだわ」

と麗子はつきつめた声で言った。

すぐ声をかけるのは憚《はばか》られたので、われわれはしばらく男のあとをつけて見ることにした。隆一も明美も緊張した顔つきで、私と麗子のそばへ寄ってきた。

金を払った男は屋台を出て、子供の尻《しり》に軽く手をかけながら、不たしかな足どりで歩き出した。負い紐の鮮やかなトキいろがひどくみじめに見えた。男は何か口の中で呟《つぶや》いていたが、子守唄ではなくて、呪《のろ》いの歌のようにもきこえた。男がよろめいてゆくあとを、さりげなく四人は離れ離れについてゆき、生活のあらゆる悪と怠惰と貧しさが露《あら》わに凝集してみえるそのうしろ姿が、四人の視野の中を不快に揺れた。子供の尻へまわした指さきは細く黄いろく、髪は黒くゆたかなのに、若さというものがどこにも感じられなかった。ズボンのすねのうしろのところに大きなカギ裂きが口をあいていた。

やがて男は急に露地へ入ったので、私は宿へ帰るところかと思った。

「いや、きっと煙草《たばこ》を買うんでしょう」

と案内者がささやいた。

そこの露地は片側が宿の裏手になっていて、灯のついた窓々が目かくしの板に半ばおおわれている。その目かくしの板の一部が、色紙大の四角に切り抜かれ、そこだけ窓ガラスがほんのりと見える。男の手が十円玉一枚とり出して窓へさし入れた。遠くからそれがわかったのは、十円玉一枚をとり出すにも体のあちこちをさぐったり、又、体をゆすって、どこかにひっかかっていた金が落ちて来ないかと期待するみたいな、不分明な仕草をしたあとで、やっと手につまんだ一枚の十円玉を、街灯のあかりに照らしてしげしげとしらべ見てから、その窓へさし入れて、銭でガラスを叩《たた》くところまで、丁度影絵の人形の動きのように、ひどくのろく、はっきりとわれわれの目に映ったからである。

「十円で煙草が買えるんですか」

「十円で光一箱と二本おまけのついたのが買えますよ。もっとも中味は、拾ったモクを紙で巻いたやつですがね」

と案内者が言った。硝子《ガラス》窓が薄目にあいて、女の手らしいものが橙《だいだい》いろの光の箱に二本のおまけを添えてさし出すのが見えた。男は煙草をうけとると、またゆっくり燐寸《マッチ》をとり出して擦《す》り、火をつけた。火の中に、淋しげな、意外に高貴な鼻さきが浮び上った。私はそこに、まぎれもない麗子と同じ鼻の形を見出してゾッとした。

「兄さん」

と私が止める暇もなく、麗子はそう叫んで足を踏み出した。

43

ふりかえった兄は、一瞬ひきつった目で麗子を見つめたが、身をひるがえして逃げようとするところを、われわれの案内者に腕をつかまれた。

「何をするんだ」

と兄は威丈高《いたけだか》になって叫んだが、案内者のにこやかな顔を見ると、すぐ頭を垂れた。われわれはこのときほど、この穏和な顔役の威力を感じたことはなかった。

「別にあんたをどうしようというんじゃないんだ。妹さんが会いたいと言うから、探しに来ただけなんだ。ここにいる人は、妹さんのお医者様だし、何も心配することはないよ」

と案内者は言った。

そのあいだ私が、みすぼらしい兄の姿よりも、麗子の反応に最大の注意を払っていたことは言うまでもない。

麗子は一見冷静に見え、涙を浮べるどころか、感傷的な態度を一切見せなかった。赤ん坊を背負ったみすぼらしい男に、兄の面影を発見してから、いざ「兄さん」と声をかけるまで、彼女の心の中には並々ならぬ葛藤《かっとう》があったことは想像できる。おそらく見栄もあったろう、幻滅もあったろう、同情もあったろう、嫌悪《けんお》もあったろう。そして勇を鼓して「兄さん」と呼びかけたとき、彼女は解決へ向って自ら決断の一歩を踏み出したと言うべきであろう。

しかし私にはもう一つ納得の行かぬものがあった。彼女が兄へ接近する仕方には、何かひどく非情緒的なものがあって、それが気にかかった。

「何でこんなところへまでやって来たんだ。それに、一人で来たのならともかく……」

兄は片手で背中の赤ん坊をずり上げながら、暗い目つきをして、私たち一同を見廻して言った。そこで私も一言なきをえない。

「私は医者なんです。こちらは看護婦です。職務上、どうしても妹さんにぴったりついて歩かなければなりません。それからこちらは……」と私は隆一を紹介するのに困ったが、

「こちらは江上さん。私のボーイフレンド」

と麗子はむしろ恬淡《てんたん》に紹介した。

兄はチラと眉間《みけん》に不愉快な色を示して隆一のほうを見たが、今度は私に向って責めるように言った。

「麗子は何の病気なんですか」

「心臓です」と私は冷静に嘘《うそ》をついた。「心配なさるような容態じゃありませんが、どうしてもお兄さんを探しに行くときかないものですから、私共も責任上くっついて来たのです。激しい感動はこの患者には禁物だし、何事にも不安やショックを与えることはいちばんいけないのですから」

と、私は将来この男の脅迫というような事態が起ることまで考えて、釘《くぎ》をさしておいた。

「そうですか。それで私は何をすればいいんです」

「それは妹さんにおききなさい」

「私、とにかく兄さんのお家《うち》へ行って話したいわ」

「お家《うち》と来たね。お邸《やしき》と言ってもらいたいね。さあ、そんなら皆さんもぞろぞろついておいでなさい。Rさんの紹介じゃ文句も言えないから」と案内者の顔を卑屈に見上げながら、「但《ただ》しみんな坐《すわ》り切れなくても知りませんよ」

と附加えた。

この最初の印象から麗子の兄は、その秀麗な顔が衰えて妙などす黒いいやらしさを湛《たた》えていることと云い、かすれた下品な声と云い、虚勢を張る元気もない無気力な受容的な態度と云い、想像以上に下らない男だと私には思われた。麗子があれほど憧《あこが》れていた兄その人とは別人のようで、そのだらしのない歩き方も、赤ん坊を背負った情ない姿も、彼女の夢を裏切るに十分だったろうと考えると、私は一種の満足を感じた。兄のあとについて、ぶらぶらゆく道すがら、私は隆一の耳にもそんな感想を囁《ささや》いた。楽天家の青年は、内緒話には向いていず、大きすぎる声でこう言った。

「これで安心しましたよ。麗子の夢もさめたでしょう」

私は、しかし、すべてはそんなに簡単に行く筈《はず》はない、という感じがしていた。麗子が現実に直面したのはよいことであるが、麗子がその現実から何を拾い出したかはまだ不明なのである。

——一同は案内者と麗子の兄につき従って、一軒の簡易旅館へ入ったが、入るときにも案内者は帳場のところで永いこと話をし、みんなのほうをちらちら見て、交渉に手間取っていた。実際これが一流のホテルなら、服装さえキチンとしていれば、どこの馬の骨でも大威張りで入って行けるのだが、それは服装を人間の値打の唯一の基準にしている愚かしい考えで、山谷の宿のように、服装だけではなかなか人を信用しない帳場のほうが、よっぽど合理的だと云えそうである。

押問答の末、われわれはやっと入ることができたが、明るい帳場の中の肥った大男は、もうこちらへ目もくれなかった。上ったところが片方が縁になって、すぐ塀《へい》に接し、塀の釘に箒《ほうき》が吊《つる》してあった。新らしい旅館と見えて木組も明るく、全体に意外な清潔感があったが、廊下の壁には強盗殺人犯人の手配書や家出人の手配書が一杯貼《は》り出され、暗い怖《おそ》ろしい顔の写真が並んでいた。

また、

「入浴者は十時五十分までにすませて下さい。十一時にしめます、節水のため——館主」

という貼紙だの、警察庁音楽隊の演奏や福祉センターの映画会を告げ知らせる各種の行事の謄写版《とうしゃばん》刷りの表が見られた。

「さあ、こっちへ」

と兄はものぐさな口調で言い、一室の、木枠《きわく》で囲まれた寝間《ねま》の間《あいだ》を先へ行ったが、その木枠の中に一人ずつ、引っくり返って寝ている人たちはわれわれに何の関心も払わなかった。二階の男が、虫よけの噴霧器を使っている音がしていて、そのきつい匂いがわれわれの鼻をついた。

「やっぱり虫がいるんだわ」

と明美は勝ち誇ったように言ったが、彼女はさっきから、宿の内部と云い、寝ている人々のかけている蒲団《ふとん》と云い、一応清潔に見えるのが物足りなかったのである。彼女の嬉《うれ》しそうなひそひそ声には、麗子がこんな場所に「個人的な関係」を持っていたという発見に、いいしれぬ喜びを感じていることがはっきり窺《うかが》われた。これで彼女は百パーセント麗子を恕《ゆる》したのである。

兄はそれらの合部屋の奥にある個室に住んでいた。個室と言ってもたったの二帖《じょう》だが、われわれは玄関に靴《くつ》を脱ぎ捨てると盗まれるという忠告に従って、おのおの手に提げていた靴を、部屋へ入るなり奥の出窓へ並べなければならなかった。案内者は帳場へ入って喋《しゃべ》っていたから、この部屋の客は、兄を除いて四人であるが、二帖の部屋には万年蒲団が敷き詰めてあり、われわれはどんなに壁に背中をすりつけて坐っても膝《ひざ》がぶつかり合った。

壁には、外国の元首を迎えた皇太子夫妻の燕尾《えんび》服《ふく》とデコルテの色彩写真が貼ってあり、その下に小さな棚のついた壁鏡があって、その棚に女ものの櫛《くし》やマニキュア道具が置かれているのを見ると、ここにはもう一人、赤ん坊の母なる人が住んでいることは明白だった。その水玉もようのワンピースも反対側の壁にかかっていた。

「よく寝てる」

と兄は負《お》い紐《ひも》をそろそろと解いて、赤ん坊を蒲団の上に下ろした。渋い顔つきの栄養不良の赤ん坊で、私のみならず明美も心配になったのか、思わず職業意識で手を出したが、その手は邪慳《じゃけん》に振り払われた。

「俺《おれ》の子には指一本触れないでくれ」

私はその場の緊張した空気の中で、ひたすら麗子の反応だけを注意していた。麗子は壁際に身をすくめ、大人たちのまんなかに声もなく横たわっている赤ん坊をじっと見つめていた。

この瞬間を思い出すと、私は今も奇異な印象を拭《ぬぐ》い去ることができない。というのは、私はキリスト生誕の厩《うまや》の絵を連想していたからである。ここもあの厩のように、狭《せま》く、臭《くさ》く、人間の、また生れたての赤児の住家としては、もっとも卑しい醜い場所であった。中世の極彩色の微細画のことさらな構図のように、厩を極度に窄く、人物をせまいところにぎっしりと描くあの手法に似て、われわれは、聖母と何も知らぬ父ヨセフと東方の三博士と天使たちのように、瘦《や》せこけた赤ん坊を見戍《みまも》っていた。そしてあの神聖な光りの代りに、裸か電球があからさまな光りで二帖の間を隅々まで照らしていた。われわれは赤ん坊を合掌して拝んでいたわけではないが、少くとも私は、科学の究極のところに一種の神秘的な力を期待しながら、白粉気《おしろいけ》一つない麗子の聖《きよ》らかな横顔の、すでに眼鏡を外してじっと赤ん坊に注いでいる美しい強い視線と、力なく眠りながら瞼《まぶた》をぴくつかせている赤ん坊の寝顔とを見比べていた。

ここが人間世界のどん底であることは誰《だれ》にもわかっていた。厩のように蚤《のみ》もいるらしく、明美はスカートの下でしきりに足をモゾモゾやっていた。麗子が正にそこに発見したものは何だったろう。この性的関心によってたえず自己破壊をつづけて来た女性が、こんな風に、醜いものを聖的なものに変えてしまうふしぎな力を具《そな》えていることは、以前の又従兄《またいとこ》の死に際しても感じられたが、彼女が現実にその力を行使する場所に私が居合せたのははじめてである。

「何を訊《き》きたいんだ。訊きたいことは何でも話してやるから、今後はもう一切俺をそっとしておいてくれ」と兄が、一座の妙な空気に反撥《はんぱつ》するようにヒステリックに言い出した。「俺が何で喰《く》ってるかは大体わかるだろう。こうして男が、赤ん坊の面倒を見て一日ブラブラしているからには……」

「つまり、その赤ちゃんの妹さんが働らいているわけなのね」

「え？」

麗子は自分の言いまちがえに気づいて、顔を赤らめたが、それはこんな些細《ささい》な言いまちがえにはふさわしくない、まるで世界一下品な言葉を口にしたような恥かしがり方であった。そしてひどく不器用にこう繰り返した。

「つまり、その赤ちゃんのお母さんが働らいているわけなのね」

この奇妙な言いまちがえに、私は咄嗟《とっさ》に麗子の顔を注視したが、その意味はわからなかった。兄は無神経に言葉をつづけた。

「ああ、夏も冬も町に立ってね。今ごろも、場所は言えないが、かなり遠いところで、町角に立ってる筈だ」

「ああ！」

と麗子の目には涙が浮んだ。もちろん兄の言葉の裏に、妻を街娼《がいしょう》に立たせてのらくらしている男の冷たさが窺《うかが》われ、その妻に同情しての涙であろうが、麗子がこんなにも素直に人に同情して泣くところを見るのははじめてであった。

「ああ！　可哀想《かわいそう》に！　可哀想に！」

麗子は突然身を折り曲げて、眠っている赤ん坊の頬《ほお》に自分の頬をすりつけた。今度は兄も止めず、おどろいて目ざめた赤ん坊の弱々しい泣き声が、二帖の部屋に充《み》ちた。

──突然私は、今まで麗子の言いまちがえの意味に気づかなかった自分の、分析医としての迂闊《うかつ》さに恥じ入った。フロイトの『日常生活の精神病理』の中でも強調されているように、言いまちがえは、抑圧の根本原因を瞬時に露呈することがある。なぜ麗子は、「赤ちゃんのお母さん」と言うべきところを、「赤ちゃんの妹さん」と言いまちがえたか？ そこでは、「お母さん」と「妹さん」とが故意に取り換えられ、赤ん坊の「お母さん」に対する嫉妬《しっと》から、「妹さん」すなわち麗子自身が、登場して来たのであろう。そして、このことは彼女こそ赤ん坊の母でありたかったという願望の表現に他《ほか》ならない。思えば、兄の姿をみとめたときから、兄自身よりもしきりに赤ん坊に注意を惹《ひ》かれているような彼女を不審に思ったものだが、そこに明らかに自分の生んだ子ではない「兄の子」を見たことが、今日の彼女の最大の衝撃であったにちがいないのだ。

あの最終分析でもついに明さなかったことであるが、麗子の本当の願いは、兄の子を生むことにあったのである。兄とのあのような醜行の夜から、彼女の恐怖と願望とは相表裏しながら、「兄の子を生むこと」に集中され、たえず心の底にはその願望が巣喰《すく》っていた。そして万が一の妊娠《にんしん》の心配がなくなったとき、恐怖は薄れて願望ばかりが濃くなった。彼女の不感の原因は正にそこにあり、兄の子を生まないで、他の男の子を生むことの不安にあったのだ。従ってそれは表面的には、妊娠恐怖の形をとった不感になり、精力にあふれた健康な隆一を相手にしていれば、どうしてもこの不安から癒《い》やされなかった。彼女がその後、瀕死《ひんし》の病人や、不能の青年を相手にしたとき、らくらくと「音楽」を聴《き》くことができたのは、妊娠の恐怖を全く免がれて、兄に対して永久に母胎を空けておくことができると感じたからであった。

麗子のこの近親相姦《そうかん》的な愛情における、「兄の子を生みたい」という願望は、同時に、又、その逆の作用、「兄自身を自分の母胎へ迎え入れるために、その母胎を空けておく」という願望を意味していることは、分析学的にわかりやすい論理的帰結である。そのとき兄との醜行は、実に特殊な意味を持った。それこそは、世間の目から見てもっともぞっとする行為である故に、麗子にとっては、もっとも神聖な記憶になった。

ところで神聖さとは、ヒステリー患者にとっては、多く、復讐《ふくしゅう》の観念を隠している。兄に対する愛情が、一夜にして、あのような獣的な行為の中へむりやり融《と》かし込まれたとき、彼女の無意識はここに於《お》いて、兄への復讐を企らみ、

「いいわ、きっと兄さんの子を生んでやるから」

という決意の下に、

「いいわ、きっといつか兄さんを矮小《わいしょう》な赤ん坊に変えて、私の子宮へ押し込んでやるから」

という、神話的な悪意を凝らしたのであった。

これこそ麗子の全症状の中核にあるものだった！　そしてこの観念は、他の多くの観念を倒錯した形にみちびき、「兄との行為による兄の子の妊娠」という観念を、純潔の観念と同一視させてしまった。それさえ守っていれば、永久に純潔でありうる、という奇怪な考えが抱かれたときに、麗子の不感がはじまった。同時に麗子は「無原罪の母胎」を信じるにいたった。何故かといえば、妹が兄を生むというような不条理な母胎こそ、無原罪でなければならないからである。

さっき、じっと人に囲まれて赤ん坊を見つめていたときの彼女に、聖母の面影が添うたのも偶然ではなかった。

しかし、彼女は言いまちがえによって、ひどく頬を赤らめた！　不自然なほどに頬を赤らめた。そのとき彼女は直視した、自分のなかのもっとも神聖なタブーの、怪物じみた奇怪な本質を。

それを見てしまった彼女は、もはやもとの彼女ではない。自由連想法に馴《な》れた麗子は、言いまちがえたあとの彼女を注視した私の目つき一つで、無意識の底まで、すべてを見破られたことを知ったのである。

私がのぞんでいた「現実」による衝撃、その衝撃による治療とは、正にこれを指していた。しかし、それが得られたのは全く僥倖《ぎょうこう》であって、偶然が九十パーセントの働きをしていた点では、私は少しも功を誇る気にはなれない。

第一、山谷のドヤ街へ来て兄を見つけ出すことができれば、そこで現実が何かの影響を彼女に強く及ぼすだろうという、漠たる期待にかられてしたことが、実は、彼女に強い影響を与えたのは、兄自身ではなく、トキいろの負い紐でその背中にぞんざいに結《ゆわ》かれていた赤ん坊のほうだった、という結果になったとは！

そして、そこでどういうことが起ったか？

麗子はあんなに肉体的苦難と精神的苦難に耐えながら、兄と自分の純潔のために守って来た「不感症」が、今まったく徒労だったと知ったわけだ。それはみんな無駄《むだ》な苦労で、六日のあやめ十日の菊と言うべきだった。なぜなら、彼女が生むまでもなく、「兄の子」はすでにそこにおり、それは彼女が知らない一人の街娼によって生れた子だったのである。この上麗子の入る余地は少しもなかった。兄の人生は完結していた。彼はむかしの若々しさを失って人生の無気力の底に沈潜し、妻を街娼として働らかせ、その間に子供を儲《もう》け、子供をおとりにして妻を引き止めていた。麗子はそこに、彼女の夢の種子《たね》となるような何ものをも見ることができなかった。

　おそらく彼女は或る意味で安堵《あんど》をも感じたであろう。

「これでいいんだわ。兄さんには子供もできた。これでもう私は、兄さんのために子供を生んであげる義務はなくなったんだわ」

　これは奇妙な論理と思われるかもしれないが、彼女にとっては正にすべてを解決する正確な論理だった。

　心の柔らかさをはじめて取り戻《もど》した麗子は、兄のために、赤ん坊のために、まだ見ぬ兄の妻のために、ひいては自分のために、憐《あわ》れみの涙をこぼしていた。……

　……麗子はようやく涙を手巾《ハンケチ》で拭《ふ》くと、用意してきたらしい金包を蒲団《ふとん》の下へ辷《すべ》り込ませ、私たち一同を促して立上った。

「じゃあ、お兄さん、もう来ないわ。お元気でね」

「心臓を気をつけろよ」

と金をもらったよろこびを露骨に目にうかべて、兄は言った。

「会えてうれしかったわ。これで安心したわ。家《うち》へも決して知らせないから、心配しないでいいのよ」

「ああ、知らせるなよ、決して」

兄妹は固く手を握り合ったが、もう麗子の頰はさえざえとして、涙のあともなかった。

一同は宿を出、お互いにあまり言葉を交わさず、やがて山谷の町を離れて、親切な案内者とも別れた。

私はつと隆一のそばへ寄って歩きながら、耳もとで囁いた。

「今夜はこのまま麗子さんを連れてどこかへ泊りたまえ。お互いに汚ない恰好《かっこう》のまま、三流旅館へでも泊ったらいいだろう。僕は断言するが、これからはきっとうまく行く。もう麗子さんは今夜で治った。二度とぶり返すことはないだろう。あとは君が、やさしい、男らしい、大らかな愛情で、一歩一歩あの人を導いてやるだけだ」

「本当ですか？　先生、どうもありがとう」

隆一はこんな場合、遅疑逡巡《しゅんじゅん》するような青年ではない。二組は次の停留所でわかれたが、麗子は私に軽い目礼をして、私がすべてをさとったことを、自分も知っているという風情を示した。

これですべてがすんだ。と少くとも私は信ずる。もちろん予後は十分責任を持ってやらねばならないが、治療は四方八方から考えて、双六《すごろく》の上りに達したのである。

言いしれぬ満足感にひたりながら歩きつづける私に、「タクシーに乗らないの？」

などと駄々をこねずに、黙ってついて来る明美のめずらしいデリカシーが私の気に入った。

私は柄《がら》にもなく、いたわりの気持を起して、こちらからこう言った。

「疲れたろう。そろそろタクシーを止めようか?」

「はい、先生、どうぞ御自由に」

と明美はテキパキした、乾いた、気持のいい事務的な声で言った。

44

人間精神は、研究すれば研究するほど奇怪なものである。それは極端なコントラストから成立ちながら、いつも整理された秩序を求めている。しかもこの秩序への意欲がなく、その意欲による葛藤もなければ神経症も生じないことは自明の理である。麗子ケースによって、私は流露と阻害、破倫と純潔、精神と肉体、その他の人間の相対立する構成要素のドラマチックな組合せを見、多くのことを学んだように思う。われわれ学徒は偏見なき精神によって凡《すべ》てに接することが、科学者の態度であると思われているが、分析治療においては、偏見もまた、或《あ》る場合には利するのだ。殊《こと》に分析が進行して、分析医に対する転移が起りかけているときにはそうである。

客観的判断をすべて犠牲にしてはじめて真実を得ること、いわば虎穴《こけつ》に入って虎児を得ることは、非常に危険な作業であって、われわれの主体はほとんど患者の主体と重なり合ってしまうのだ。麗子ケースの研究中、私は男でありながら、しばしば強度の冷感症の心理を自ら味わったような気がしている。

しかし決して落胆せず、放り出さないという意志だけが、分析医と患者との最低限の契約条件であり、又、最高のつながりでもあると思われる。これは恋愛よりもずっと厄介《やっかい》な仕事である。

言い忘れたが、その後麗子と隆一は琴瑟《きんしつ》相和し、半年後すべての状況をよく見きわめて結婚した。山谷の夜彼らと別れてから一週間というもの、何の連絡もないので、私はどんなにいらいらしたか知れない。あとになって、それは隆一の照れ性と、麗子の新たな羞恥心《しゅうちしん》のためと判明した。彼らは訪問どころか、電話をかけてよこすことさえ、恥かしくてできなかった、とあとから告白したのである。

あの晩から一週間後、隆一が私にやっと再開した連絡の手段は、まことに一方的な連絡手段、すなわち電報であった。それには簡単に、ただこう記されていた。

『オンガ　クオコル』オンガ　クタユルコトナシ』リユウイチ』

〔参考文献〕
古沢平作：精神分析学理解のために
G. Freud：Studien über Hysterie
W. Stekel：Die Geschlechtskälte der Frau
K. R. Rogers：Client-centered Therapy
Medard Boss：Sinn und Gehalt der Sexuellen Perversionen
Erich Fromm：The Art of Loving
K. A. Menninger：A Psychiatrist's World

解説

澁澤龍彦

小説『音楽』は、三島由紀夫氏の作品系列のなかで、主流に属するものとは言いがたい。これが最初に発表された舞台も婦人雑誌であったし、作者はある程度、読者大衆を意識して、いつもの三島文学の厳格無比な修辞を避け、平易な文体を心がけているように見受けられる。これは三島氏が自分の主流に属する仕事のかたわら、ときどき見せる才気の遊びともいうべき、よく出来た物語《レシ》の一つであろう。

一篇《いっぺん》の主題になっているのは精神分析で、作者は精神分析の本質というものを読者に分りやすく解説しながら、——というよりも、作者が年来いだきつづけている、精神分析という学問ないし世界観に対する根本的な疑問を自問自答しながら、あたかも推理小説のごときサスペンスをもたせて、一女性の深層心理にひそむ怖《おそ》ろしい人間性の謎《なぞ》が、ついに白日のもとに暴《あば》き出されるまでの過程をじっくり描いている。よく出来た小説であり、エンタテインメントとしても上乗の作であろう。

小説は手記の体裁になっており、精神分析医・汐見和順が一人称で観察や分析や意見を述べるのであるが、この記述者の意見のなかの或《あ》るもの、たとえば正統フロイディズムや現存在分析《ダーザインスアナリーゼ》に対する批判的意見などは、現在の三島氏自身の意見にほぼ近いものと思って差支《さしつか》えなかろう。三島氏は一時、フロイトやユングにかなり身を入れて付き合ったと思われる節があるのに、ごく最近では、「人間個々人の心の雑多なごみ捨て場の底へ手をつっこんで、普遍的な人間性の象徴符号を見つけ出そうという」(『古事記』と『万葉集』)精神分析学者の執念ぶかい手続に、あからさまな嫌悪《けんお》の情すら示すようになってきている。どうしてそういうことになったのか。ここでは、その問題について深入りするわけには行かないので、ただ三島氏の文化観の微妙な変化と関係がある、とだけ簡単に言っておこう。この小説『音楽』は、そういう三島氏の文化観の変化の過程、すなわち作者の精神分析学に対する係《かか》わり合いの中から誕生した、と考えれば考えられないこともないのではあるまいか。

しかし、何もそんなに大げさに考えなくてもよいのかもしれない。新聞の三面記事の中からでも自由に素材を拾い出してきて、これを一篇の巧緻《こうち》なロマネスクに仕立て上げる達者な三島氏のことである。おそらく氏が少年時から親しんでいたにちがいないフロイト学説は、氏にとって、自分の手で如何《いか》ようにも料理し得る、手ごろな題材だったのであろう。

物語は、愛する男と接しても性的快感を得られない、弓川麗子と呼ばれる若い美貌《びぼう》の女性の、いわゆる冷感症の症例に関する記録である。「音楽」とはオルガスムスの比喩《ひゆ》であって、音楽の聞えない女性が、分析医の熱心な援助と指導によって、ついに音楽を聞けるようになるという発想は、いかにも三島氏らしい洒落《しやれ》た発想だ。もしこの小説が大々的なベスト・セラーになっていたら、新宿あたりのゴーゴー喫茶に屯《たむろ》する若い女性のあいだに、「ゆうべ、あたし音楽を聞いちゃったのよ……」などという流行語が生まれていたかもしれないな、と私は空想する。

この小説のなかで、作者はフロイト心理学の知識を縦横に駆使して、自由連想法はもとより、女の子の去勢コンプレックスや離乳コンプレックスや男根羨望《せんぼう》、さては鋏《はさみ》のシンボルやフロイトの論文のなかの有名な「言いまちがえ」の説まで引き合いに出しているが、作者自身としては、あくまで一定のルールのなかで小説を組み立てるために、つまり精神分析小説を書くために、それらの理論を利用しているにすぎないのである。もとより、記述者たる分析医の意見がそのまま作者の意見だというようなことはない。ただ、前にも述べたように、作中の随所に散見する精神分析理論に対する批判的意見のなかには、作者たる三島氏の肉声の混っていることがなきにしもあらずで、この点が、私のような読者にはとくに興味深かったと申し添えておく。

戦後の一時期、アメリカで非常に流行したニューロティック映画なるものが、多くの場合、エンタテインメントとしていかにすぐれていても、芸術的に何か一つ不満を感じさせるところがあったのは、ちょうど推理小説がいかに面白くても、文学たり得ないのと同断であろう、と私はつねづね考えていた。推理小説にも精神分析にも、最後に必ず解決というものがなければならないが、そもそも芸術作品には、解決などありはしないのだ。精神分析治療の終点は、つねに現実原則の承認であるが、一方、小説の主人公は、つねに夢に生きることによって行動への原動力を得るであろう。前に私は、『音楽』のなかに推理小説的サスペンスがある、と書いたが、この小説の欠点をあえて一つだけ挙げるならば、小説の中程で出てくる不能の青年花井が、麗子にさんざん利用されっぱなしで、第三十六章以後、全く姿を消してしまう点であろうと思う。こういう人物の出し入れは、推理小説の常套《じょうとう》的な筆法とやや似ており、本来ならば、推理小説嫌《ぎら》いの三島氏の採らないところであるべきはずなのである。ただし、急いでつけ加えておくが、賢明なる三島氏は、この花井に精神分析の批判者としての役割を振り当てることによって、作中における彼の存在を辛くも救っているところはさすがである。

推理小説にこだわるようで恐縮であるが、この『音楽』のなかで、冷静な自信家で合理主義者の分析医が、自我の強い虚言癖のある美貌の女患者の個性に、心ならずも徐々に惹《ひ》きつけられて行くところは、ちょうど老練の名探偵が女性の犯人に惹きつけられて行くのを見るようで、これは小説としてのふくらみを増すことに与《あずか》って力あるものとなっている。この知的強者としての分析医に、しばしば自分の人間的弱点を告白するだけの誠実さがなかったならば、それこそ、彼は単なる在りきたりの「名探偵」に堕してしまっていたことであろう。

さて、私が言いたいのは次のようなことだ。つまり、この小説は一面から見れば、たしかに精神分析の理論に則《のっと》った小説ではあるけれども、もう一つの面から見れば、在来の精神分析の理論のみによってはなかなか割り切ることのできない、人間精神の不条理さを描き出そうと試みた小説である、と。したがって、これは既成の精神分析学批判の小説であるとともに、現存在分析一派のいわゆる「愛の全体性に到達する」とはいかなることであるかを、小説家の想像力を媒介とした、具体的な症例によって検討しようとした、きわめて野心的な小説でもあるわけである。そして、これは私の推測であるが、作者が近親相姦《そうかん》という古い人類の強迫観念の、「猥雑《わいざつ》」と「神聖」の表裏一体の関係を提示しようと試みたことには、あの汚辱と神聖、禁止と侵犯の哲学者ジョルジュ・バタイユの理論に影響されるところがあったのではあるまいか、と考えられる。

こういう種類の小説を読まされると、勢い私もこの作者のように、精神分析の理論をふりまわして、この小説の作者たる三島由紀夫氏そのひとの固定観念を分析してみたい、という誘惑に駆られざるを得ない。ここでは、しかし、そのための十分な紙数も余裕もないから、ただ二つのことのみを指摘しておくにとどめよう。

その一つは、『音楽』の主人公である弓川麗子のような女性、不感不動の冷たい女性のタイプが、三島氏の作品世界によく出てくる女性のタイプの、明らかに一つのヴァリエーションを示すものにほかならない、ということだ。たとえば『沈める滝』の顕子《あきこ》もまた、美しい冷感症の女、「女の形をした石像」であったことを思い出していただきたい。冷感症の女性が三島氏の理想の女性であるとは言わぬまでも、少なくとも容易なことでは男の愛に心を動かさぬ、凜《りん》とした、権高《けんだか》な(いずれも三島氏の好きな言葉だ)、どちらかと言えば男の庇護《ひご》者になるようなタイプの女性を、しばしば氏は好んで描いているのである。

もう一つは、『音楽』のクライマックスである第三十五章から第三十八章にいたる、最も兄と妹との近親相姦という、作者によって神殿のなかの儀式になぞらえられた、最も怖ろしく最も甘美な状況の設定である。「『熱帯樹』について」という文章のなかで、三島氏は次のような注目すべきことを述べている。「それはそうと、肉欲にまで高まった兄妹愛というものに、私は昔から、もっとも甘美なものを感じつづけて来た。これはおそらく、子供のころ読んだ千夜一夜譚《ものがたり》の、第十一夜と第十二夜において語られる、あの墓穴のなかで快楽を全《まっと》うした兄と妹の恋人同士の話から受けた感動が、今日なお私の心の中に消えずにいるからにちがいない。」

自己分析に甚《はなは》だ長《た》けた三島由紀夫氏は、『仮面の告白』以来、自分の固定観念を一つ一つ精密に分析しているのである。分析そのものを主題とした小説が生れたのも、理由のないことではなかろう。

（昭和四十五年二月、フランス文学者）

もう一つの「音楽」

村田沙耶香

この文庫本の表に印刷された、『音楽』という言葉を見つめるとき、読者の心に、その文字はどんな音色で響いているのだろう。

私がこの小説を初めて知ったのは、高校生のころ、愛読していた山田詠美さんの対談集の中、野坂昭如との対話で何気なくタイトルが挙げられているのを読んだときだった。

音楽。

子供のころから見慣れているはずの言葉が、いつもとはまったく違う表情で佇《たたず》んでいるように感じられた。三島由紀夫の本の題名だ、と思うからだろうか、他に挙げられていた幾つかの題名と呼応しているからだろうか。妙な胸騒ぎがして、その特別な響きが忘れられなくなった。音楽。心の中で鳴らすと、何か異様さを孕《はら》んだ言葉として、その音が響いた。

どんな内容の小説なのだろう、と掻《か》き立てられ、本屋さんへと向かった。あらすじには精神科医という言葉があり、それがまた私を強く引き寄せた。

そのまま本を買って帰り、ページを捲《めく》った。そのときの私にとって、恐ろしいほど完璧《かんぺき》な、理想的な物語だった。精神治療。近親相姦《そうかん》。深層心理。いくら見ても飽きない、完璧な箱庭を手に入れたような気持ちになった。構造も、細部も、登場人物の無意識も、神経質すぎるほど異常に創《つく》りこまれている感じがした。そのことがとても恐ろしいのに、学生時代の私は繰り返しこの本に手を伸ばし、ページを捲った。

それが、教科書や父の書斎の本などではなく、自分の意思で買って読んだ、初めての三島由紀夫の作品だった。


精神世界に惹《ひ》かれるとき、人はどのような状態なのだろう。私の個人的な読書体験の話が長くなり申し訳ないが、当時の私は、精神医学の世界に酷《ひど》く惹かれていた。大学で心理学を学んでみたい、と想像したりもしていた。

思春期のころ、特に中学生のとき、私は強烈に精神医学を欲していた。今ほどカウンセリングや心療内科は身近な存在ではなく、それがどこにあるのかもわからなかった。とても不安定で苦しく、ほとんど生きるか死ぬかという精神状態だった私は、タウンページからある精神科の電話番号を切り取り、パスケースに入れて、お守りにしていた。

この診療室に行けば、私は「治る」んだ。

「治る」という言葉は、甘美さと、恐ろしさを兼ね備えていた。

大人になるまで、私は本当の診療室を訪れることはなかった。十代の私が訪れたのは、この小説の中の、汐見氏の診療室だった。

本の中にあるこの診療室は、とても完璧な架空の空間だった。そしてそこには、弓川麗子という「完璧な患者」が横たわっていた。

麗子にとって、そしてこの完全すぎる世界を作品の中に創り上げた三島由紀夫にとって、この診療室はどんな場所だったのだろう。

この解説を書くために改めて再読し、『音楽』は三島由紀夫の作品の中では異色だと言われるのも納得できると感じた。精神の治療を進めて患者の内面を発見していく様子が、スリリングなミステリーのように綴《つづ》られていく。患者である麗子は、解剖されるために作り出されたような人物だ。幾重にもコーティングされた彼女の秘密や深層心理が明らかになるたびに、人間の内側に作られた階段を降りていくような、ぞくりとした快感を得ることができる。人間たちの姿だけでなく、その皮膚の内側の精神世界すら、完全に創り上げてあるこの世界が、「治る」とは程遠い、健全な狂気の足跡であるようにすら、今の私には感じられる。

この小説は、精神分析の世界を、ミステリーを読み進めていくかのような、少しずつ真相が明らかになっていく緻密《ちみつ》な構造の中に流し込んでいる。なので、もし作品を未読のまま解説を先に読んでいる読者がいたら、先に作品を楽しんでほしい。ここからは内容に深く触れてしまうので、読者が、物語が進むとともに麗子という人間の意識の中にあるものが少しずつ解明されていくさまを、新鮮な気持ちで読んでくれるように願う。

小説の冒頭には、これが汐見という医師の手記であることが記されている。そこには、「もしこれが文学作品であったら、性はこれほど即物的な扱いをうける惧《おそ》れはなく、良きにつけ悪《あ》しきにつけ修飾のヴェールをかけられるのが常であって、」と書かれている。読者は、この作品の文章を、三島由紀夫という作家がそのままの姿で書いたのではなく、汐見和順という医師が書き綴った手記という形をとった言葉たちであることをまず知らされ、読み進めることになる。

その構造のせいか、三島由紀夫の他の作品に比べると、文章は装飾が少なく感じられる。けれど、そのことで、言葉に強弱が感じられ、深く描写された部分の文章が一層、鮮やかに、読み手にインパクトを与える。そのため物足りなさはなく、むしろ言葉の温度が、冷たかったり熱かったりと上下して感じられたり、さきほどまで簡素だった言葉が次の一文の中で急に強烈に甘美に、匂《にお》うように思えたりする。鮮やかに濃淡のある文章は再読してもその鮮烈さが色褪《いろあ》せることはなく、時折溜息《ためいき》をつきながら引き摺《ず》り込まれた。

汐見の診察室に現れた弓川麗子という患者は、彼にこう告げる。

「先生、どうしてなんでしょう。私、音楽がきこえないんです」

「音楽」という言葉は、麗子の声を通すと、より奇妙で不穏に感じられる。読み進めるにつれ、「音楽」とは耳で聞く演奏ではなく、彼女自身のオルガズムであることが明かされる。

汐見は、医師としてはかなり問題があるのではないかと思ってしまうほど性的な目で彼女を見つめ、麗子の治療にのめりこみ、嘘《うそ》に騙《だま》され、予想もつかない行動にすっかり翻弄《ほんろう》されてしまう。

汐見は麗子の治療に悩まされながら、こんなことを心の中で考える。

「私は分析医という職業が決して目に見えない人間精神というものを扱うことで、一つの矛盾を犯している点に、気づかざるを得なかった。(中略)しかるに精神医学とは、精神を扱うのに、こちらの道具も一個の精神にすぎず、健康者対病者を、普遍対特殊と扱う見地も、単に程度の問題にすぎないのである。」

汐見は、時に心を惑わされながらも、苦心して麗子の治療を進めていく。麗子は、汐見によって、または物語によって、少しずつ解剖され、その精神世界は少しずつ明らかになっていく。何か月にもわたる、人間の精神の手術を眺めているような構造で、物語は進む。

麗子と汐見との関係は、スリリングで、また甘美でもある。麗子は精神分析について知識があり、わざとそれらしいモチーフを挙げてみたり、突然、汐見の予想できない行動に出たりして、彼を苛立《いらだ》たせたり、または魅了したりする。

横たわる麗子を前に、「そこにはあらゆる美徳、あらゆる悪徳が蔵《かく》されている」とまでいう汐見が、麗子が失踪《しっそう》していた兄に会ったということを言い当てる場面などは、とてつもない緊張感で、患者に対してではなく何か恐ろしい事件の犯人に対峙《たいじ》しているかのようにすら見える。

麗子が大人になってから兄に会い、近親相姦的関係を結んだことが判明したときは、読者も汐見と同じように、「これで謎《なぞ》が判明した」と安堵《あんど》したかもしれない。また、物語の終盤、麗子の無意識の中にあった願望が判明したときも、やっと解決した、と爽快《そうかい》な気持ちになったかもしれない。けれど、本当にそうだろうか。この物語が本当に携えているものは、麗子という患者の謎ではなく、そのような完璧な無意識、完全な精神世界の周りで振動している、発酵した言葉、それをここまで創り上げた異常性、人間の謎に焦《こ》がれる本当の狂気なのではないだろうか。

物語の中盤、同じ「不能」同志として麗子と出会い、彼女に振り回された花井という青年は、汐見の診察室を訪れて、こう問いかける。

「じゃ、先生、伺いますが、『治す』とはどういうことなんですか。」

「それはつまり、多様で豊富な人間性を限局して、迷える羊を一匹一匹連れ戻して、劃一主義《コンフォーミズム》の檻《おり》の中へ入れてやるための、俗人の欲求におもねった流行なんですね。精神分析のおかげで『治った』人間は、日曜ごとに教会へ行くようになるでしょうし、（中略）そして通りかかる知人に肩を叩《たた》かれて、明るい微笑で、『よかったね、治って。今は君はわれわれの本当の仲間だ』と言われるようになるんですね。」

汐見は、この問いを「ずいぶんシニカルですな」と呆《あき》れて受け流す。だが、この完璧すぎる精神分析のストーリーの裏側で、それこそ、私には「音楽」が鳴っていると感じずにはいられない。

目に見える世界では、麗子は「治り」、その身体には音楽が戻る。けれど、「音楽」という言葉に刻まれた不穏さは、消えることはない。完璧すぎてそのこと自体が異質な物語の奥で、「治る」ことを拒絶したまま、麗子が意味するのとは違う音楽が、この物語の奥底で鳴り響いている気がしてならないのだ。

精神の世界は、目に見えず、実際にメスを入れて解剖して中を覗《のぞ》きこむことはできない。だからこそ人間は、その世界の奥に潜んでいるであろう精神の根底を知りたいと渇望する。その渇欲が、弓川麗子という完璧な精神世界を内包した、美しい箱庭を作り出したのではないだろうか。このような読み方は作者の望むものではないかもしれない、と思う。けれどこの本を閉じたあと、どうしてもその音楽が、人間がかき鳴らし続けていたその旋律が、物語の中で響き渡り、鳴りやまないのだ。「音楽」とは何か。この本を手に取った読者の、その奥にも、同じ音楽が潜んでいるのではないのか。この、一見美しく解決したように見える物語がかき鳴らすもう一つの「音楽」に、耳を傾けずにはいられないのだ。

（令和三年四月、作家）

この作品は昭和四十年二月中央公論社より刊行された。

なお本作品中、今日の観点からみると差別的ととられかねない表現が散見しますが、作品自体のもつ文学性ならびに芸術性、また著者がすでに故人であるという事情に鑑み、原文どおりとしました。

（新潮文庫編集部）

音《おん》楽《がく》

新潮文庫　み-3-17

昭和四十五年二月二十日　発行
平成三十年三月二十五日　九十刷
令和三年十月一日　新版発行
令和四年十一月五日　二刷

著者　三《み》島《しま》由《ゆ》紀《き》夫《お》

発行者　佐藤隆信
発行所　株式会社新潮社
郵便番号　一六二―八七一一
東京都新宿区矢来町七一
電話　編集部(〇三)三二六六―五四四〇
読者係(〇三)三二六六―五一一一
https://www.shinchosha.co.jp

価格はカバーに表示してあります。

乱丁・落丁本は、ご面倒ですが小社読者係宛ご送付ください。送料小社負担にてお取替えいたします。

印刷・錦明印刷株式会社　製本・錦明印刷株式会社

ISBN978-4-10-105054-6 C0193